U0112638

安静做最慢的事就好

王慧骐 著

江苏凤凰文艺出版社

图书在版编目（CIP）数据

安静做最慢的事就好 / 王慧骐著. —南京：江苏
凤凰文艺出版社，2024.5
ISBN 978-7-5594-8554-0

Ⅰ.①安…　Ⅱ.①王…　Ⅲ.①散文集－中国－当代
Ⅳ.①I267

中国国家版本馆 CIP 数据核字(2024)第 063869 号

安静做最慢的事就好

王慧骐　著

出 版 人　张在健
责任编辑　万馥蕾
装帧设计　薛顾璨
责任印制　杨　丹
出版发行　江苏凤凰文艺出版社
　　　　　南京市中央路 165 号，邮编：210009
网　　址　http://www.jswenyi.com
印　　刷　苏州市越洋印刷有限公司
开　　本　880 毫米×1230 毫米　1/32
印　　张　9
字　　数　185 千字
版　　次　2024 年 5 月第 1 版
印　　次　2024 年 5 月第 1 次印刷
书　　号　ISBN 978-7-5594-8554-0
定　　价　49.00 元

驿路风景中的人

丁帆

　　人生驿路中的风景很多，能够让你记取的，也许并非仅仅是名山大川、江海湖泊风景中大自然的鬼斧神工给你的震撼，而更多是在那点点滴滴生活琐事中，由各色人等构成的人性风情画长卷。因为在人生驿路风景中，人间至美，莫过于情。

　　"忽闻岸上踏歌声"和"桃花潭水深千尺"的驿路风景，在听觉和视觉组成的交响诗般的优美画卷中，那个并不为人所知的朋友，为什么会成为千古绝唱风景画面中的"诗眼"——"不及汪伦送我情"，就是因为在风景之上，屹立着的是一个大写的"情"字。汪伦是什么人并不重要，朋友之间的友情才是人性的至高境界。"怎一个情字了得"，才是人世间最美好的抒写。

　　王慧骐先生的散文随笔集《安静做最慢的事就好》即将出版了。这本书就是在抒写有名和无名人物的亲情和友情中，将人生驿路中所遇到的种种世间人物，以及他们充满着烟火气的生活场景,用素描的手法,或白描,或抒情,一一勾画出来。触景生情,于是,许许多多在我人生驿路上的执手朋友,跃然跳进我的眼帘,鲜活起来了,生动起来了,他们在诗人笔下风景画的驿车上向我挥手,而驾驭驿车的王慧骐,却是毫不懈怠地抓紧缰绳,望着前方的驿路前行。

无疑,在非虚构的文学描写中如何去构造人字的高塔呢?这是一个时代的文学两难命题,但我从这些散文篇什中,寻觅到了江湖中被人忽略的一个"情"字。

文章写至此,王慧骐突然用微信发来了这本书的《跋》,一看作者,竟然是我整整四十年前的挚友刘苗松。那时,我们和吴福辉、王中忱、史佳在人民文学出版社一起编纂《茅盾全集》,苗松兄作为专职编辑,其认真的工作态度往往让我感动不已。后来他去了老家湖南,在文艺出版社工作,是王慧骐散文集《江南素描》的责编。那是一部充满着食趣、情趣和野趣的"乡间素描",其中不乏驿路风景中各色人等的精致描写,尤其是布衣平民的人物素描。正如刘苗松先生在《跋》中所言:"眼见他与那么多人,男女老少,工农兵商,主客亲朋,发生那么多情感的交流,思想的交集,事物的交结,物质的交往,……而这种事缘情分,又被作者一支马蹄疾一般的快笔,敲成一篇篇让人百感交集,有时甚至是悲欣交集的人间词话,作者真有一份因情生慧的诗性人生啊。"是啊,风景里的人,才是作品描写的核心。

难怪王慧骐会觅刘苗松为知音。拿到这本书样稿的时候,我一眼就看到《雪和孩子》那篇文章中,引发的作者对刘苗松诗一般雪景描写后的无限感慨:"第一个把女人比作鲜花的被称作天才,把雪比作骑单车送信的邮递员,我想苗松兄许是第一人?"四句诗一样的语句:"雪像骑单车送信上门的邮递员,递上雪片般的信件之前,有单车铃声通知,铃声就是雪粒子。"它触动了人们情感的心弦,也让王慧骐抓住了风景中的那个陌生而熟悉的人物面孔,同时也在抒写过程中,凸显出了作者与编者真挚的友情。像这样的文字,在书中到处可以寻觅,散文的诗性之美,在小品式的美文描写中,洋溢着有温度的热情。

这本书中最精彩,也是最让我感动的是"辑二"《在地图上回家》中的父子之情,母子之情,兄弟姐妹之情,同学之情,老友之情的描写,显然,它胜过人生驿路上的偶遇之情。

在开篇的《在地图上回家》中,作者采用的第二人称的写法,突显出了本辑,也是全书的"归家"主题——那是一种灵魂的皈依,虽然是写给一个没有具名的老友的,但是,这敲响灵魂的钟声,只有到了人生驿站的冲刺阶段,才能敲得出来的人间梵音:"是的,父母没了,原来意义上的那个家也就不复存在了。当然,我们还是要回去的,只是这个'回去',变成了那位诗人所说的,我们只能'在地图上回家'。那是一种精神的返乡,所有关于父母和我们之间发生的过往,都将在记忆深处一次次地复活和再现。只要我们还在这个世界上,给了我们生命的那两个人就一定还会住在我们心里。你说是吗,我的老友!"这样的"此情可待成追忆,只是当时已惘然"的体会,直到望尽人间天涯路时,才能悟出的人生真谛。没有矫情,也不煽情,只有真情的吐纳,才能拨动读者的心弦。

在《书本里的父亲》里,作者用"读书—教书—写书"这六个字基本构成了父亲简单、平实而又丰富的一生"的寥寥数语,就写出了父亲人生驿站中循环往复的奔驰状态,虽平凡则伟大。《老了的母亲依旧美丽》是写母亲的,其母爱之情跃然纸上,那母亲的肖像画,永远定格在"我"的脑海里的影像"是母亲倚靠在病床上哼唱《贵妃醉酒》时的神情,那张脸上当时确有一片红云飘过"不禁使人潸然泪下。《四个娃儿一台戏》也是写血浓于水的手足之情,而《思乡三则》除了写祖父、妻子、妹妹、父亲外,更多的是写乡间的美食,勾连出来的思乡亲情。所以作者才感叹"乡情乡味啊,有时候仿若一指禅。"

无疑,此书生动的描写,既不在那些浅交的朋友里,也不在那些如与汪曾祺那样偶然交集的名人大家中,恰恰就是在那些老师、老同学和老朋友的往昔交往的情感抒发中。

我猜想,作者为什么想用"辑三"的"安静做最慢的事就好"为书名了,那里面皆是与王慧骐交往过的老师、同学、同事和挚友,其中也有我的兄弟。我与王慧骐的交往,牵线人还是他们同班的班长张王飞先生。多年朋友成兄弟,那才是真正的江湖驿路上的同伴,我和张王飞一起去看老师,为曾华鹏先生送行,为吴周文先生哭灵,都深深体会到了那种在人生驿路上的情感,更值得回味。一篇《哭吾师吴周文先生》,亦为此书中难以忘却的扛鼎之作,虽不是"孤篇压全唐"之作,却也是本辑中最动情的作品。因王慧骐与吴周文先生之谊,是胜过一般同学的,所以,他才能写出那样深情的文字:"老师的灵堂今夜我去不了了,我翻开老师签名送给我的这本《妈妈的孤独》,在我心里体会着老师从今往后置身的那些孤独……"这段师生情感,我在 2020 年 12 月 19 日的《为了不能相忘于江湖的笑声》中,做了详细的描述。

2020年5月23日是吴先生80岁寿辰,那正是我刚刚在5天前走完68个岁月的生日纪念,张王飞先生约我一起去扬州给吴先生祝寿,可当时正值一个博士答辩会议走不开,错过了此次聚会的机缘,不过我让王飞捎去了一幅祝寿对联:文移北斗成天象,月捧南山作寿杯。那天晚上,除了张王飞外,还有王慧骐、林道立、蒋亚林诸兄,他们举着我写的对联放了视频给我看,那时,我多么想去敬吴先生一杯寿酒啊,可惜不能将至。散文家王慧骐兄特地写了一篇散文,以作纪念,谁知此文竟然成为我们聚首的永诀之文。

斯人驾鹤西去,他留在我们心间爽朗的笑声,却在阴阳两隔的空间里久久回荡。

当然,这本书中许许多多熟悉的面孔,不管是已经离世的,还是在世的,都是我今年想写的系列散文《十年一觉扬州梦》中活色生香的人物。

不错,此书"辑一""城市的体温"也有许多很好的篇章,以它为书名其实挺好,但又无法涵盖乡间的描写。说实话,用此辑开篇,与王慧骐的前著散文集《江南素描》相比,才华似稍逊风骚;"辑二"的题目"在地图上回家"做书名也很好,虽然它是一位诗人的诗句,但是它能够凸显出人性中的灵魂——"归家"的主题阐释,可以覆盖全书内涵。如果不用他人诗句作题,此辑中的《好风景是用来念想的》或《温柔如粥》用来做书名,都也不错。"辑三"

倘若将《记录下他们的身影》和《晃动的酒杯里重现旧人的身影》作为书名，显然是提高了书的艺术性，但是，从做书和阅读的角度来说，不如干脆就叫《旧人的身影》为宜，因为一切过去的事情皆为历史，一切过往的亲人和朋友都是历史中的人物，无论他是活着还是远去。

从这个角度上来说，王慧骐这部人生驿路风景中的作品意义才能成为敲响读者心灵的钟声。

在渐渐老去了的扬州师院中文系的许许多多学人中，从事文学创作的人不少，写小说者甚多，比如肖瑞峰的中篇三部曲《弦歌》《儒风》《静水》充满着古典的阳光，他的《回归》和《湖山之间》是描写大学生活的现实主义力作，反响较大。还有杨剑龙的乡土题材的长篇小说《金牛河》，也是沉入底层描写的现实主义力作。所有这些创作，都是我们这一代学人对历史的追忆，它是我们人生驿路上绽放出的绚丽奇葩。

但愿这样的创作风气能够在扬州大学传承下去，作为各位校友在人生驿路风景描写中的历史书写者。

2024 年 2 月 1 日 20:30 写于南大和园

2 月 2 日 10:00 修改于南大和园

目录

[辑二]

在地图上回家

[辑三]

安静做最慢的事就好

辑一

这就是你记忆中的城市

它因为那些亲切而生动的身影

而令你长久地回想

城市的体温

通常我们说想念某一座自己生活以外的城市，落到实处，其实是想念那座城市里曾经和自己在某一段时间有过交集并留下较深印象的人，然后围绕这个人辐射开去，会想起一些场景、一些有特色的物件，甚至风土人情，等等。

比如苏州，我就时常会念起，而且总是将它和一批人联系在一起。那些人自然便是我的朋友。不妨随意地挑几个说说。先说周良老先生。他是一位国宝级的人物，终身研究苏州评弹，写过和编过若干这方面的书。2006年前后有好几年，我与他配合出过近六十本"评弹书目库"的书。他当时已离休好多年了，却还忙得正欢。苏州锦帆路上有一处章太炎故居，那里面有两间办公室，是供"江浙沪评弹工作领导小组"开展有关工作用的。周良先生和他的编辑团队每周会有两天在那儿碰头，商量或布置一些编书方面的工作。周边很安静，院子里的花草树木悄无声息地衬托着这处名人故居的安谧与雅致。为了那些书稿，我与周良老在他那间放了好几张办公桌的房间里多次碰头、交谈。赶上中午时间，他会领我到附近一条弄堂里的一个小饭馆，点几只口味甚好的苏帮菜，陪我喝一小杯黄酒。那家馆子里的炒虾仁，手艺绝对一流。由于菜做得好，价格也实惠，所以生意看上去特别好。在那儿吃饭，听着邻桌人的交谈，很直观地感受到那种属于老苏州的市井气息。已有好几年没和周良老联系了，听说他老人家还常在报纸上写文章。我没算错的话，他今年已九十六岁了，真是个人瑞啊！

次说谭金土先生，一位沉迷于老照片收藏的作家。早些年我帮他出过几本书，但基本是书信往来。近几年他在热闹的山塘街上搞了个老照片收藏馆，也是为他出书的事去过那儿两次。他已七十多岁了，身体挺硬朗，每天从家里换乘两条线的地铁到山塘街他的工作室来坐班。天南海北来这儿玩的人，有不少饶有兴致地爬上他的二楼，看他收藏的那些老照片，顺便歇歇脚，喝他免费提供的茶水。有时候他也会为一些好奇的游客说说老照片里的故事。我每每想起金土先生，也会很自然地想起那条平日里总是人头攒动的七里山塘。

还想说说已故的陶文瑜老弟。最后一次见他是在 2018 年 5 月，老朋友薛亦然陪我一块去的，在青石弄五号那个好多作家描写过的院子里。他为我洗壶、泡茶，趴在他平时办公的那张老式书案上，在《红莲白藕》《磨墨写字》两本他的书上给我题签。我当然很开心，老顽童似的，捧着他的书，拉亦然和文瑜同我拍了照。谁料一年多以后，这个小我将近十岁的风趣幽默的江南才子却因病走了。他说话时的那个很特殊的调调，和我合影时穿的那件对襟扣袢的中式夏衣，时不时地会在我对苏州的念想里浮现。

因工作的关系，二三十年里苏州我跑得较多，各个界别的朋友名字可以报出一大串来。这中间有两个重要的人物一直在我心里，他们相当于桥梁，让我和这里更多的人与物发生了联系。一个便是前面讲到的薛亦然，他不是苏州人，但读书时谈了个苏州的女朋友，后来成了苏州女婿。在这儿待几十年了，写了好几本在苏州产生影响的书，成苏州通了。通过他，我结识了不少有意思的文化人。比如后来去了北京定居的诗人车前子，专注于民间文学发掘的潘君明先生，画兰花出名的蒋风白先生，在文学领域颇有建树的语文教育家秦兆基先生，活到一百岁的书法家瓦翁先生，等等。这些人是苏州的一道风景。苏州在人文历史方面的厚重，我以为也正是由这样的若干个人物来呈现的。另一位对我认识和了解苏州起到重要作用的，是早几年已不幸离世的吕锦华女士。那些年她对我的工作一直有所帮助。当时我在搞一本综合性文化月刊，她帮我出面组稿，陪我一道采访相关人士。苏州所辖县区她都陪我走过，特别是她的家乡吴江，她陪我走得最多。同里、平望、盛泽、黎里、青云、桃源、七都、八坼、金家坝，差不多每一个乡镇都跑过了，她竭尽所能地帮助宣传家乡的经济发展状况和在相关行当干出了成绩的人。而在这个过程里，等于是她给了我一卷不光有风情地貌还站立着许许多多活生生的人的吴江活地图。

——还回到小文开始的那几句话上。对一个地方，我们不会平白无故地喜欢上它，哪怕那儿景致再美，风光再好，我们也需要有一些具象而实在的"抓手"。这个抓手其实就是人,是人赋予那座城市可以感触的体温。想起它,会是一张张面孔,甚至是他们说话时的语调和神态;某年某月你和他(她)在某一条街弄里出没,某一处亭子里喝茶……这就是你记忆中的城市,它因为那些亲切而生动的身影,而令你长久地怀想。

2022 年 3 月 25 日夜于盱眙天泉湖畔

　　我认识小蒋的时候，他大概三十五岁。那一次我去苏州出差，住在南园宾馆，一个朋友介绍他来找我。他肩上挎一个人造革的皮包，皮肤黑黑的，笑起来很憨厚。他家在苏州渭塘乡下。那个镇最出名的是珍珠，号称全国最大的珍珠集散地，天南海北做珍珠生意的全往那儿去。不过小蒋不做珍珠生意，在一个村办企业跑供销。每天开辆面包车往返于苏州、无锡之间，早出晚归。他在的那个企业做一种冲压配件，好像是和西门子的某个产品对接配套。企业的效益蛮好，老总看他特别卖力，每月给他的报酬相当不错。

　　小蒋自小就能吃苦，高中毕业后曾去安徽当过几年兵，干的是铺路造桥、抗洪抢险一类的活。从部队复员后回乡干过一段时间文书，后被派到一家乡办厂做会计。小蒋人老实，性格又耿直，看不惯的事不肯放在肚子里，最后同厂长红了脸，走人了，去了那个他亲戚做老总的村办厂。在那儿倒是踏踏实实做了近十年，后来碰上一个机会，他觉得人生总要拼一把，自己也要做老板！于是，批地皮，建厂房，进设备，请师傅，大小事儿全他自己来。建厂房那阵，他硬是一个多月没回家，每晚和衣睡在工地上。后来我们熟悉了，他经历过的不少事情都对我讲起。记得当时我就鼓励他，把那些日子里发生的事捡自己感受最深的，原原本本记下来。他听了我的话，后来整理出了一本书。他最初见我的那次，就是拿着写家乡风物写自己童年的文章，找我给他修改并帮助发表的。那时我正在一本刊物做主编。他对写作的那股痴迷劲儿，一般人都比不了。厂里每天都有那么多的事情要他操心，他居然能见缝插针，每晚都趴在电脑上敲出两三千字来。不光在当地报纸上零星发些作品，基本每年都会正儿八经地出版一到两本书。

一晃十几年过去了，小蒋建在阳澄湖边的那个厂子现在已挺具规模，设备和产品也都经过了好几轮的技术改造和更新。更重要的是接班人他也带出来了，那是他唯一的儿子。小伙子人很聪明，在南京读完大学后，先在苏州一家外资企业干了几年，积累了一些生产和管理上的经验。开始还不太想接这个班，父子俩为此有过一段时间的磨合。说现在他儿子已经全面上手了，小蒋承认很多做法比他这个老子强。小蒋自己也快六十岁了，接下来打算定定心心回家抱孙子了。

另外，通过小蒋我还认识了他高中时的一个同学小徐，两个人的经历也有相似之处。小徐的家在另一个乡镇，父母亲都是种田的。他高考连着几年都没能成，后来去了一家县属企业做电焊工。等他把技术学到手做了师傅后偏偏赶上企业改制了。又折腾了几年,最终还是自己搞了一爿厂子。利用手上的技术,专做锅炉焊接,也还蛮有市场。有趣的是,近朱者赤,小徐也喜欢捣鼓,写点文章。写他身边的人——厂里那些工友们每天都会发生一些有趣的事,让他产生表现的冲动。他年纪同小蒋差不多,寻思着也要有个接班人了。女儿大学毕业后,已在城里的税务部门工作,好在女婿是学工科的,跟他这个老丈人也算合得来,这副担子将来就丢给他了。

和他们的上一辈不同的是,他们不再靠着自家门前的一亩三分地过日脚。他们办厂,做一点儿实业,一方面找到了自己谋生的路子,同时也为这个社会多少做了份贡献。当然这种有别于前人的改变,是时代赋予他们的。这样的人生虽算不上轰轰烈烈,却是脚踏实地的。他们虽都没能上大学,但他们不甘于没有文化,不甘于精神生活的贫瘠,通过读书,通过劳作之余的笔耕,他们以这样的方式和当下这个时代进行着一种热烈的互动。

他们勤勉而朴实。在他们手上开始的那些事情,他们的后代还会接着往下做。一代代的人在写属于自己的历史。每个人把自己的历史都尽可能写好了,那他们所站立的那片土地,也就会变得更强大,也更美丽。

2022 年 4 月 23 日于盱眙天泉湖畔

　　四年前的一天，很偶然地在一个公众号上读到建林的一篇文章，题目好像叫《父亲和大树》。文字非常干净，那种感觉像是一条船在河里行走，挂着一面白帆，船走得不慌不忙，有一种从容淡定的气象。当时我在留言栏写了读后感，并希望和作者结识。结果很快联系上了，加微信后，知道了他是苏州吴江人，家在吴江东部元荡湖畔的莘塔镇上。对文章产生那样的联想，缘自以前出差从苏州去吴江时，坐在车上，一路都能看到运河里缓缓而过的帆影。这个景致一直留在我的脑海里，很美。没想到，他就是吴江人。

　　我们之间随后有了文字的互动。两三个月后，我去上海拜望一位老师，回转时在吴江停顿，想见一见建林。他把见面地点安排在了离莘塔有一段距离的芦墟古镇（因前些年区划调整，莘塔、芦墟、黎里、北厍、金家坝，五个相邻的乡镇合而为一，总名为黎里），为的是请一位他所尊敬的通晓当地文史的前辈一道来陪陪我。建林生了张敦厚的面孔，言语不多，一问，一九六三年生人，比我小了近十岁。但看得出经历了风霜，比实际年龄显得老成。那天，他和那位已近八旬但却鹤发童颜的张老先生，陪我走了芦墟的几条老街，远眺了那片当年见证过吴越战事的茫茫分湖。那一段时间建林正在写《莘塔渔业村漫录》，闲聊中得知他是一位渔民的后代，对水上的生活、渔业村特有的那些场景很熟悉，怪不得能写出那样淋漓的神韵。

大约又过了半年，再见建林时已是初冬。这次是在黎里。五镇合一后政府集中力量将此处作为旅游重镇来打造，建林也参与了进来。他和几个朋友合租了一幢楼房，做了一个以读书、品茗、恳谈为特色的民宿，取名为"九南居"。几间客房的名字都用"南"字打头，南乡子、南天竺、南山南……蛮有意思。房间里的布置也都体现出书香的特点，或坐或卧，书籍伸手可及。我领着家人在"九南居"小住了两日，借此机会也同建林做了较为贴近的交流。

建林还真称得上是蹚过了不少风雨的人。十六岁高中毕业，做了两年代课教师；十八岁去当兵，在舟山群岛；四年后回来在村办企业做工人；二十六岁结婚，婚后两年干上了个体，卖过蔬菜、海鲜、卤菜，还开了几年的烟酒杂货店。小本生意，进进出出，人很辛苦，却赚不到什么钱，也就是把孩子养大了。四十四岁那年，经人介绍去了当地一家生产电梯的集团公司，先是干门卫，就是我们通常所说的保安，也干了两三年。后来有人知道了，说这个人可是秀才呀，书读得多，肚子里全是墨水，年轻时就在《苏州日报》上发表诗歌了。部队复员后的这些年，无论干什么，他都一直在写。对古体诗词还特别有研究,在"中华诗词论坛"和多个诗词论坛上做过版主,曾多次得到过著名学者施蛰存老先生的指教。后来公司调他到宣传和档案部门,让他干文字方面的事了。

这一两年建林与我时有联系,他主持的"读书苏州"公众号我也常给他供稿。我发现他研究和写作的兴趣逐步转移到地方文化上来了,对柳亚子、凌景埏、卢静等吴江籍历史名人进行深度研究。他在爬梳旧籍文本的基础上,写出了一批有自己独到见解和阐释性的文章,在有关报刊上发表。他还跨地区同浙江嘉兴和嘉善的朋友轮值主编一本以发掘分湖文化底蕴为特色的民刊《分湖》杂志;还在他们自己经营的"九南居"民宿里举办过多次作家新书分享会、诗社成员的作品朗诵会等。

不久前我才知道,去年,他那副常年劳碌的身板出了些问题,体检中查出患了结肠癌伴肝转移。为此,他在一年里做了两次大手术。一段时间的化疗后,现正在恢复中。承蒙他信任,把病中半年的日记发给我看了,从那些字里行间我看到了一个夫子模样的人超出常人的坚强,看到了他的乐观、豁达和精神世界的丰富与强大。他所居住的莘塔每天都有班车去往上海。他乘坐着去检查身体或拍片什么的,常常是早出晚归。下车后还要换乘几条线的地铁,到达要去的医院得两三个小时,车马劳顿,中午也就在医院附近吃碗面或馄饨;下午从医院出来,还得紧赶慢赶,把时间掐准,否则就要在上海住旅店了,而这又要多花不少钱。

这样的一些困苦他全不在意,他的乐趣,或者说他的注意力全放在了他所关注的历史人物身上。去苏州的医院挂水,他一有空就钻到旧书店去淘书;夫人不让他用电脑,他就利用住院的时间,在手机上断断续续地写些研究心得。大部头一下弄不了,他先零打碎敲,写点小文章。待有了一批零部件,将来再干总装的活儿。

我其实和这位不善言辞的朋友也只有过两三次的接触,知道他的身世后,我对他更添了几分敬意。就物质而言,虽然他从事过多种行当,吃过不少的苦,但财富似乎与他无缘。而我感觉到建林的志趣绝不在于此,从他病中的日记里,从他那些大大小小的文章里能看出他生命里最看重些什么。突然就想到了德国哲学家叔本华说过的一段话:"被赋予了高度精神力量的人,过着思想丰富、多姿多彩、充满了生命活力和意义的人生,其本身就承载着最高尚的乐趣之源。"他不富裕,甚至命途也颇困厄,但他的内心我以为却是充实和快乐的。他在他创造的那个世界里每天都收获着麦穗和谷粒。走过艰难,战胜病痛,我的朋友建林凭借的可能正是这些。

2022 年 5 月 1 日夜于盱眙天泉湖畔

宣纸的故乡

宣纸产于安徽的宣城，具体说是宣城所辖的泾县。早在唐天宝年间，各地运往京城长安的进贡物品中，宣城郡的船上便装有纸、笔等贡品，证明当时这儿已生产纸、笔了。凡与书画打交道者，没有不知道宣纸的。其特点是质地绵韧、光洁如玉、不蛀不腐，泼洒的墨韵可以保持常年不变。某种意义上甚至可以说，是宣纸成就了一代代的书画家，让他们的远大情怀、美学理想得以落纸开花，绵延千年。2002 年 8 月，宣纸成功获批国家地理标志保护产品称号。

早些年女儿在大学学国画，我曾到泾县帮她买过宣纸。卖纸的人告诉我，泾县生长的草本植物有上千种之多，气候等方面的原因造就了宣纸极为开阔的选材范围，而这些材料最核心的特质则是它的柔韧度。这令我联想起了在这块土地上生活的一些人来。

我有一个做印刷的朋友，他的母亲是泾县人，他们几兄妹也都出生在泾县。就在他出生后的第十三天，在县公路管理站工作的父亲突遭一场车祸而不幸丧生。当时他的大姐只有六岁，两个哥哥分别是四岁和两岁，而一下子失去了丈夫的母亲只有三十一岁。面对不谙世事和还在怀里喝奶的几个孩子，母亲的艰难和挣扎一般人都无法想象。朋友给我讲了他幼时所经历的一件事。在他六七岁那年，村上有户人家，院子里种了两棵枣树。他们小孩子不懂事，嘴巴馋，见人家枣树上有果子，其实还都没成熟呢，他们就隔着院墙用小石块砸枣子，也没砸到，赶紧跑了。那家的主人跑到他家门口来，不依不饶地骂了半天，全都是很难听的脏话。这样的情形连续有过多次，母亲一直都忍着。终于有一回她拎了把劈柴刀，冲进了那家院子，一边哭一边疯了似的砍那棵枣树，嘴里不停地嚷着："我让你们吃枣子！"旁边的人一个都不敢上来拉，树没砍倒，母亲自己先没了力气，哭昏在了树下。不过从那以后，村里再也没人敢来欺负他们孤儿寡母了。后来那些年，母亲把他们兄妹几个拉扯成人。老四（也就是我的这个朋友）十九岁时跟熟人来南京闯荡，站稳脚跟后把母亲从乡下接来，一块儿过了十八年。其实是母亲接着又把他的孩子带大。老人家现在快八十了，身体还很健朗，念着老家还有几块地，闲不住，又跑回去种蔬菜了。朋友时不时地回去看母亲，临走时，母亲大包小包的菜蔬往他车子里塞。

　　再一个是我早几年去常州，在天宁寺附近一家饭店吃饭时认识的老板娘。她姓朱，也是安徽泾县人，父母亲都还在泾县。她十八岁那年跟小姨去上海打工，做各种小吃卖，小小年纪便知道了生活是怎么回事。二十三岁认识了从安徽无为也是去上海打工的一个小伙子，两人好上了，结了婚。两人合计着自己也弄个小饭馆吧，但手头没有几个钱，连付房租也不够。想想换一个小一点儿、成本低一点儿的城市吧，于是就来了常州。也是慢慢地一点点折腾起来的。我那次见到她的时候，说经过两个人十几年的苦苦打拼，好歹可以挺直腰杆喘口气了。车子买上了，小三室的房子也买上了。她一九七九年生人，今年四十三，有了三个都挺懂事的孩子。当时咬咬牙缴了罚款，现在想想还是值的。老大是个女儿，有十九岁了，在常州一所专科学校学土木工程，今年七月就能工作了。她本来想让女儿多读几年书的，女儿自己不肯，说早点出去工作，能帮家里分担一些。老二也十五岁了，从小是游泳健将，拿过常州市全能赛少年组的冠军。那一回我在她店里见过这个小姑娘，从楼上走下来，小仙女似的，步子都有一种音韵感。最小的是个男娃，也十岁了，小时候像个小胖墩，现在跟他二姐一样练游泳，胳膊和腿都长肌肉了。

那次在小朱的店里吃饭，同她聊得颇投机，彼此加了微信。她告诉我晚上生意忙完了，也会看看朋友圈。说我的文章她挺喜欢，赶上节日她会给我发来问候。不久前我问到她爸妈的情况，她说爸爸以前在泾县一家做宣笔的厂里当书记，退休后成了她饭店的后方生产基地"管理员"——春天里帮她弄茶叶、做笋干，天稍微冷一些，又帮她晒萝卜干、腌咸菜。这些来自山里的纯天然食物，小朱拿来送给常到店里吃饭的老客户，大家都说这些土产太暖心了。妈妈在厂里做了一辈子的毛笔，由于技术好，退了休仍有几家厂子来请她。小朱跟我说，怕妈妈把眼睛搞坏了，几次动员她来常州养老，但妈妈不肯，说不好意思回人家。

　　这就是泾县的女人，她们出生在不同的年代，有着不同的人生经历，但她们的身上似乎都有些共同的东西，那就是不怕吃苦。再难的事她们也能用原本柔弱的肩膀扛起来。她们不祈望天上掉馅饼，知道所有的一切都要靠双手一点点地去抓住它、建设它。待人接物她们也都诚恳善良，居家或创业，除了节俭，更懂得开拓。这种在当初那片贫瘠的土地上生长起来的刚毅与坚韧，同她们家乡用来生产宣纸的、有着柔软而结实的木纤维的青檀树，真的有一种令人惊叹的神似呢！

　　　　　　　　　　2022 年 5 月 24 日于盱眙天泉湖畔

五、六月的西山，枇杷和杨梅陆续登场。家里种有果树的，往往到了这个时候，是既高兴又犯愁。高兴的是，眼见着果子一天天成熟，出落成大姑娘、俊小伙的模样了；犯愁的是，要么不来，要来就是前后脚，谁都等不了谁，几天之内必得想法子把它们采下来送出去。种得少还算好，采摘下来担到距家不远的地方，就有来西山游玩的人买走了，还有专门开了车从上海苏州无锡赶来买的，一般也会买不少，一篓一篓地把车屁股塞满。倘若种得多，出手就有点困难了。家里有孩子在外面做事的，那一段时间都被发动起来干上了推销员的工作，或者抖音上直播带货，或者朋友圈猛发美图。说是去年从福建那边来了几个大的批销商，车子直接开到村里，果农们一家家地摘好送来，过了秤马上装车，票子也是现场兑付。今年因为疫情防控，发运这个环节上有点悬乎，还不知道那些批销商愿不愿来。

对于苏州西山岛,我有着特别好的印象。那儿有个好朋友,是西山中心小学的金校长。他在那儿做了三十年校长,我认识他也有二十年了。每到五、六月份,金校长都会打电话邀我去西山,在那儿住一个晚上,听他讲讲学校里的事,当然也一定会品尝甜美的杨梅和枇杷。金校长是当地公认的西山通,每一处古迹、每一座村落他都如数家珍,关于西山的书他写了有七八部。退休后被镇上聘为西山历史文化研究会的会长,大部分时间都还在这个坞那个村地转,他觉得那儿角角落落的历史宝藏,研究一辈子都无法穷尽。而对当地的风土人情、时令瓜果,金校长也都了如指掌,讲得头头是道。他跟我说,现在岛上的种植者基本都接近老年,体力活干不动了,子女们大多外出工作,不肯来接这个班。现在大部分果农都希望村里把这漫山遍野的果树集中收去,统一管理,虽然目前还没这么做,但未来肯定是要走产业化的路。不过果树又不像其他农作物,机械化作业较难实施。这是一对亟待解决的矛盾。

金校长的这番话让我想起了另一个朋友——她原本在新加坡生活,有一年回西山来寻根问祖,被这里的美景和六月的杨梅迷住了,后来便留了下来。利用手上的一些资源,做起了这类果品的海内外空运生意。她在这儿租了冷库,把枇杷从果农手上较大批量地收购过来,先暂时冷藏;同时通过网络和其他各种途径进行销售。村里一些体弱多病的老人,因满树的果实无力采摘而向她求助。她在网上招聘了一批周末勤工俭学的大学生,以速成法培训学生踩着梯子上树采摘。杨梅娇嫩,保鲜期短,只能在一定的区域内发运;而枇杷存放期较长,可运往国内任何一处偏远地区。前一两年我都是通过她买一些枇杷，发送给外地的亲友。

对西山而言，她是一个外来的参与者，这样的力量，估计会越来越多地聚集在这里。毕竟这是一块富庶而神奇的土地，有着许多得天独厚的天然优势，许多东西（还包括春季的碧螺春茶，秋季的银杏、板栗、橘子等）只有在这方水土上才能生成这样独特的美味。传说中的"商山四皓"当年不远千里归隐西山，现如今，相信会有更多的有识之士愿意来此处一试身手。

西山人的后代有不少是走出去了，这也没什么，就像流水一样，进与出都是自由的，有出去的自然就会有进来的。西山的历史也一定会有人接着往下写，只是每个时代会有每个时代不同的笔墨。

2022年5月3日凌晨于盱眙天泉湖畔

　　我在盱眙县南部的天泉湖边买了一处公寓房，已有几年了。这两年因疫情时生不太敢往外跑，便有较多的时间住在了这儿。这里挂的牌子是养生养老，空气和周边的环境当是说得过去的。买房子的大都是南京人，但长期在这儿住的似乎并不多。现在人一般都"狡兔三窟"，有一处这样的房子，时不时过来度度假确也蛮惬意的。从南京自驾，个把小时也就能站在天泉湖边望呆、吹风、看野花了。

　　这里的首期工程造了两千多套公寓，原住民被集中迁到了三公里外，专门为他们建了一个小镇，名字唤作天泉湖镇。据说对搬迁的农户，除了给他们统一建了房子，有的根据相关条件，还在我们居住的小区给他们安排了一个相对稳定的工作，比如健康管家、水电维修、室外保洁、林木管理等。工资不是很高，两三千不等，但管他们早、中午两顿饭，伙食标准也还可以。说是到六十岁以后,还能享受退休工人的待遇。由于小区入住率不高,所以这些工种的工作量一般都不大,平时看上去挺悠闲的。

一早起来,我骑辆电动车去社区门外不远处的一片空地上,买一点附近的农民也用电动车载来的各式菜蔬。黄鳝、鲫鱼、小龙虾一类的水产,基本每一天都能碰到,问他们都说野生的,自己捕来的,偶也会买一些。有一个小宋,四十岁出头,生得胖胖的,人挺憨厚,我一直在她手上买东西。她是三个男孩的妈。大的十七岁了,老二、老三是双胞胎,也都十三岁了。家在七八里外的古城镇上,她老公小王人也不错,前些年一直在南京一家宾馆的洗涤中心干活,受疫情影响,收入渐少,干脆就回来跟老婆一块儿干了。说是包了一块地,种大棚蔬菜,有些时候一早也会陪太太到我们这儿做点小生意。我见着会递根烟给他,跟他在路边聊几句。

还有个早两年帮我们弄过院子的老康,他是社区的保洁员,家在天泉湖镇上。他种地干农活是个老把式,一楼有院子的人家门前都有一块地,不少人请他帮着种。从刨地、施肥开始,种什么也都请他做参谋。他从镇上买来菜秧,种下后,正常每天的浇水也都托付给了他。做保洁以外的时间,他起早带晚地揽了十几家地里的活。这一块儿的收入不比他那份工资少。他五十多了,有两个女儿,大的早些年已出嫁去了苏南,平时也就逢年过节带着外孙回来看他们夫妇。小女儿十六了,在县里读高中,周五晚上才回来。老康见人一脸笑,每天总一副风尘仆仆的样子。

社区还在公共设施里专门辟出一间做了理发室,女理发师姓胡,在古城镇上开有一间理发店。周三和周日的下午,她会骑车来这儿为小区的老人理发。我也在她手上理过两次，手艺似乎不差，说干这行也二十多年了。一九七三年生人，儿子二十七，孙子都快四岁了，过了年儿媳妇又给她一下生出两个孙女来。开心是蛮开心的，但每天总忙得腰酸背痛。那天她还跟我说起她丈夫，说也就比她大了两岁，五十才出头，但前两年查出来得了尿毒症，现在每星期要去县城做两次透析。虽然能报销一点，但自己"背"的那一块也不小。给老人理发比较简单，十几分钟便可搞定一个。看得出她做事十分利索，但说到生病的男人，语气就变得挺沉重。

不远处的天泉湖，阳光下倒是波澜不惊；在天泉湖边行走或忙碌的农人，想来也是每家都有自己绝不相同的故事。

2022 年 5 月 23 日凌晨于盱眙天泉湖畔

　　在盱眙天泉湖边买了房且大部分时间在这儿生活的，基本都是从工作岗位上退了休的老人。他们各有各的活法，也都各有各的乐趣与滋味在。

　　陈大姐是我曾经的同事，七十多了，但身材依旧保持得很好。喜欢戴一顶简洁而精神的太阳帽，每天都衣着鲜亮地在社区长约三公里的步道上，精神抖擞地疾走一圈。好几次电话约我在咖啡屋小坐，听她谈养生之道和颇具传奇的人生片段。琴房里结识的老赵，退休前是某电视台台长，拍照的技术堪称一流。自己开着辆车，把周边四季的山水美景拍成好几个版本的小视频，在公众号上发布后，吸引不少人来这儿看房或度假。还有一位老兄年轻时在部队干过多年，转业后去了省直机关，但与当年的战友一直保持着较密切的联系。这些年部队强调军史教育和传承，不光要见诸于文字，还得有一些记录历史的影像资料。这正好扬其所长,他每天在电脑上埋头剪辑,已给好几位战友所在的部队制作了受欢迎的影片。

当然,更多人的兴趣点在健身和娱乐上。一早,俱乐部的活动室里,一批老人集中学打太极拳,教拳的老师也是这里的住户;稍晚一点儿,琴房里便传来电子琴悠扬的琴声;歌咏队的演练好像也挺正规,每周有两个下午聚首,演出服也都由各人自带。几次我到湖边树林间闲坐,看到化了妆的老太太三个一排在走旗袍秀,一个背着包的老头奔前跑后地为她们摆造型、拍视频。晚饭后,远远地可见一群人在一片开阔地上尽情地踩着舞步,播放的音乐都是些老歌,舞者们仿佛都回到了过往的青春岁月。

也有继续发光发热,把自个儿的夕阳燃得煞是红火的。龚院长夫妇就是这样的人。社区里设有一所专为老人提供医疗帮助的医院。龚院长先是在这儿买了房,准备过来养老,而他先前在一所大学创办医院并主持工作的经历被这儿医院的投资方知道了,找他谈了几次。结果这个早年毕业于上海第二军医大学,有着一副古道热肠的内科医生,也就接受了在这所医院当头的聘约,走马上任了。他的妻子曾经是他军医大的同学,当年因为一部写赤脚医生的电影《春苗》而爱上了小小银针,后来一直在医院的针灸科工作,手头的功夫为患者们所追捧。他们俩也都才过六十岁,身体还健旺,养老的事便暂且放下,夫唱妇随,为社区有这方面需求的老人奉献他们的医术和热忱。

还有一位不久前认识的万老师,也挺有意思。他是湖北人,早年毕业于华南农学院的农学系,然后留校做了几十年农学专业的老师。儿子是学医的,在南京读的大学,现在省中医院做医生。

万老师退休后和老伴儿一块儿来了南京，天泉湖的房子是儿子替他们买的，平时老伴儿在南京帮助带孙子。闲不住的万老师，饶有兴致地在社区外围自己动手开垦出一片荒地，在那儿种上了各种应时蔬菜。这方面他不仅有理论，更有实践的积累，称得上行家里手。种出来的纯天然蔬菜，时常会驾车送给南京的孙子吃。有时候也会拿到当地农民摆在小区外的摊点上，请他们帮助卖一点儿；或干脆捧送给左邻右舍来分享。万老师人很热情，我太太种菜上有不懂的问题，常向他讨教，他不厌其烦地一次次上门来做指导。

想想人也总是会老的，老了以后找一处相对安静的地方，按自己的意愿，做一点儿力所能及，同时又觉着有趣觉着快乐的事儿，以此度过余生，我觉得就蛮好。倘若还有些能力可以帮到人，自然更好；有一天终究帮不上了，也尽量不给别人添麻烦。不妨就做一棵守在湖边的老树，让那满枝的叶片慢慢脱落，而后在夜色里悄然睡去。

2022 年 6 月 16 日于盱眙天泉湖畔

　　早几年的春天,曾连续两年去过那个村子,在那儿一户姓孙的人家前后住过近二十天,是很休闲的度假。我为此写过一组《山里人家》,记录下那里几户人家的生活情形。孙家妈妈做的一种清明果,青绿色的,糯糯的,里面包了笋丁和其他的什么,很好吃,太太回来后还总念着。于是打了电话去,向他们买,孙家妈妈又特地给我们快递了一包来。那个村子里还出一种秋天采收的菊花,号称皇菊(其来历一直通到清代光绪帝呢),颜色金黄,花朵很大,一朵泡开便将整只茶杯撑满。除了一股幽幽的清香,那杯中袅袅漂浮的情态也一定惊艳到你。这几年我们不时地会托他们买一点儿,除了自己品尝,有时也会寄送朋友,朋友们也都说好。

　　这个村子叫上晓起,在江西婺源县的山里,生态环境一直保持得很好。我们当时住的,是孙家一栋新盖不久的四层小楼。男主人一直在外面打工，两次去都没能见上。女主人是村里的妇女主任，人生得瘦瘦的，五十岁上下，里里外外的干啥都很麻利。不久前，也是为了买点皇菊，联系上了在乡村小学做老师的孙家女儿。同她妈妈一样，人也很热情，微信里颇有耐心地答我的"记者问"，讲了一家几口这几年的近况。说妈妈快六十了，妇女主任卸任好几年了，这几年家里的房子基本空着，去了省城南昌帮助照料孙子了。小孙老师的弟弟那两年在他们家里倒是见过，小伙子挺神气，早先念的一所警官学校，毕业后也走了好几家单位，现在在省里一家司法鉴定中心专职开车。记得当时还在谈对象，一转眼娃儿都六岁了。

更多的说到了她自己的一些情况。她的家距上晓起有二十公里，丈夫在一家全国性的医疗器械公司做销售，常年在外面跑。公司对他还算照顾的，让他负责浙江的几座城市，这样一般二十天左右可回来一趟。她结婚十几年了，大的女儿已上小学六年级，小的是男孩，也十岁了，正是调皮的时候。平日里这两个孩子的吃饭穿衣、读书学习全靠她这个也只有三十五岁的妈。她当初在大学学的英语教育，毕业后做了几年民办教师，后来考到了编制内，现在一所乡村中心小学教三年级的数学。我感觉她的身上有她母亲的影子，任劳任怨的，属于大小事儿都能扛的那种。

更有意思的是，小孙在微信里还跟我说到了她的外婆。说由于母亲留在了南昌，上晓起村里的那几块菜地，现在是七十六岁的外婆每天在打理。老人的身体蛮硬朗，说以前也是做教师的，退休后在家闲不住，把种菜当作了健身。我跟小孙开玩笑：你们家三代女将都厉害嘛！她说也是被逼出来的，这儿的地方工业欠发达,男人们大都选择去一些大城市打工,可以多挣两个钱。我从她的话里咂出了生活之不易。但同时也看得出来,小孙老师是个生活态度很乐观的人。看她发的朋友圈,是周末和同事带着小孩去邻村的河边野餐,吃烧烤;还看到她家院子里种的几盆多肉的月季花和已开始结果的葡萄树。她告诉我,小时候家里也有葡萄树,结出来的葡萄特别甜,但那时候日子比较窘困,成熟了的葡萄要给家里换点钱,她跟太奶奶提着装满葡萄的篮子到别村去卖。她说现在种葡萄其实是年少时的一个情结,这下可以放开吃一吃了。

谢谢这位性格开朗的乡村老师,谢谢她跟我说了这么多关于她家人的事儿。祝福他们一大家子,未来的一切都好。

2022 年 5 月 18 日夜于盱眙天泉湖畔

今年夏天，我们在盱眙天泉湖自家院子的菜地里，收获了几只粉刺刺的冬瓜。除了通常的吃法：在冬瓜里放几片海带，烧汤；我还喜欢把冬瓜切成薄片，红烧。做这只菜似乎不要什么烹饪技术，先用油把冬瓜片煸透，再放些盐和酱油，搁少许水，小火焖一焖，即大功告成。吃冬瓜的时候，我想起了父亲。父亲的最后几年我们请了护工来照料他的饮食起居。中午、晚上他一般就吃四样菜：一是红烧冬瓜，二是西红柿炒蛋，三是红烧带鱼，四是山药烩小肉圆。每天吃，总也吃不厌。父亲是江西人，吃菜的口味重，每只菜里都放了较多的酱油，红彤彤的。照料他的护工年轻时曾当过兵，是炊事兵，所以烧饭弄菜有两下子。父亲吃菜品种的相对固定，让护工省了不少脑筋。每次只做这四样，做一回可以连着吃几天呢。父亲走了有十几年了，但类似这样的事，总会因一些缘由而被我一再忆起。

远在凉山彝族自治州的这个朋友，和我神交已有三十多年了，但一直没见过。二十世纪八十年代我在一本青年刊物做编辑，他当时是一个县里电影公司的美工，画电影海报，业余时间喜欢写影评文章，字也写得好。寄来的稿子比较对青年读者的胃口，基本上都能用出来。后来我去了出版社，搞另一本杂志，他依旧给我投稿。他人很勤奋，写了很多作品，出了好几本书。事业上也发展得很好，在一家都市报做文化记者，一直做到了副总编辑。他还主持过读书版面，约我给他写稿子。每次发了文章，他一定亲自写信封，第一时间把样报用快件给我寄来。我跟他说，现在一般都不给作者寄样报了，你工作那么忙，发个电子版就行了。他说虽然是件小事情，但能做的就坚持做吧。这样的回答很让人感动。

　　老友昌华，三十年前的同事。我们都老了，但还在一起玩，时不时会凑一堆喝两杯。他年轻时当过兵，退伍回来做"孩子王"，有十几年中学班主任的经历。他教过的那些学生几十年了还都与他保持着联系，同学间有什么重要的活动都会想法子把他请上。昌华和我说过一件事，说二十三年前的一天，他从出版社下班出来，被两个以前的学生堵上了，不由分说拉他去了一家饭店。走进去一看，嗬，坐了满满四桌，一个班的学生全来了。他弄不清咋回事，其中一个同学告诉他，今天是你五十五岁生日。昌华很纳闷：你们怎么知道的？原来有一个同学是户籍警，从警务平台上查到的。学生们给老师送的一只多层蛋糕，小车门都进不去。回家后昌华坐在蛋糕前，让太太给他拍了一幅照，然后特地洗印了四十多张，给每一个学生送去。师生的情谊居然延续了半个多世纪。我没见过昌华的那些学生,想来他们一定是一批有情有义的人,反过来,他们的这个老师,让他们几十年后都还能记着,也一定是个特别特别有情趣有魅力的人。

2022 年 8 月 27 日于盱眙天泉湖畔

又逢金秋教师节，很自然地想到了好友杨老师。

杨老师今年八十多了，在河西一处很漂亮的小区住不少年了。但他总忘不了从小生活过的老门东。当时的老门东是南京传统民居聚集地，一些老南京的风情特色在那一片表现得尤为突出。他知道自己已然回不去了，不只是回不到早先那个年代，更重要的是老门东已不再是昔日那副模样。于是，杨老师用他所擅长的诗意的文字，再现了存活在记忆中的关于老门东的点点滴滴。他用自己质朴的情感去描画那一幅幅久远的却充满着浓浓烟火气的老照片——他写老街古巷里热气腾腾的老虎灶，写大杂院里街坊四邻在一块儿吃饭、走动的身影；箍桶匠、补伞补锅铜碗的、磨剪子戗菜刀的……这些已在岁月的幕布上悄然定格的手艺人，重又带着当年的风采来到我们面前。他写少时再熟悉不过的长长短短、忽远忽近、忽高忽低的卖小吃的吆喝声，热老菱、烫山芋、酒酿元宵、糖粥藕、小馄饨、炒元宵、干切驴肉、回卤干儿……这些小吃摊的背后当然有着人物活动的场景和所处时代的背景，杨老师试图通过这些具象来发掘历史深处百姓生活的内核，让人们在他所传递的这些此起彼伏的吆喝声里，感受昔日街巷所弥漫的市井风情和依稀可闻的时代足音。

已是耄耋之年的杨老师是那般动情地唱着他记忆中的《老童谣》——"一声引两声，两声引十声，十声引出一台童谣大合唱：'城门城门几丈高？三十六丈高，骑白马，带把刀……'小娃儿穿过手臂高举的城门，欢乐地去找'橘子和香蕉'"；"'脚趾脚趾扳扳，扳到南山，南山北，种小麦……'姐姐的手指像根棒棒糖，小嘴巴伸伸缩缩，尝着幸运带来的丝丝甜蜜和欢笑"。充满稚气的孩子和那些耳熟能详的方言童谣，编织出了一幅有着鲜明地域特征的风俗画，让我们在吟诵中情不自禁地与杨老师一道"和往事拥抱"。

在他这些大多发表在金陵报刊上的写老门东的散文诗里，我们能看到久违了的民风的淳朴。比如他在《天井》里这样写道——"街坊纯净：捧着饭碗，能尝几家菜香；一根马头牌冰棒，也能舔甜几家小娃嘴巴。/邻居善良：骤雨将至，晾晒的衣被，早有人帮你收起；不速之客造访，你若不在，也有人为你热情接待"。我理解，对杨老师而言，老门东某种意义是他的"奶妈"，是他身上抹不掉的"胎记"，是内心深处愈近晚年愈是无法割舍的乡愁。

在老门东一带生活了五十多年的杨老师，年轻时候有过二十多年的小学语文老师经历，之后被调到南京市教科所从事小学作文研究近二十年。由他首创的"小学作文 TV 教学法"和精心研制的《杨老师教作文》《作文真的有方法》等课件,在全国产生过广泛影响;由他任主编的《新编小学作文词典》《小学语文学习手册》当年可谓一纸风行,畅销一百多万册。退休后的这些年他依旧写书、编书,还常受邀去南京一些小学给老师们讲课。而他的那些写老门东的散文诗,则被许多老师拿来作为一种乡土教材,讲给孩子们听,复又被一张张小嘴巴传诵。

2022 年 9 月 5 日晚于盱眙天泉湖畔

说几位老人的事儿——

刘先生，八十四岁了，身体还算硬朗。住在一个老小区的六楼。他是"文革"前的大学生，后来成为很有名的水利专家。退休后还常被一些水利设计或施工单位请去做技术顾问。他有一个自小就宠爱的女儿，读的是医科大学，毕业前竟被查出患有尿毒症，换了肾后坚持了近十年；复又被查出患了癌症，最终在其三十四岁那年的春天，生命之花悄然凋零。女儿离去后约三年，就在刘先生准备庆贺金婚的那一天，老伴儿也抛下他撒手人寰了。接踵而至的失亲之痛，令他在几年之后方才从萎靡的泥沼里慢慢拔出身来。坐在六楼那间阳光尚可的卧室的窗边，老人家打开了电脑。他决定写一本书，以忠实的笔触记下自己行色匆匆的一生……

田先生，八十三岁。在苏北的一个乡镇生活了将近六十年。

高中毕业后就一直在那儿做文化站长。琴棋书画,吹拉弹唱,十八般武艺都有几套拳脚。三十岁得子,儿子长大后蛮有出息,在一座山清水秀的古城给他买了套房,田先生退休后遂去了此处养老。他年轻时便有一好,喜欢写诗,一写就写了六十年。好多报刊都登过他的诗。二十年前北方有一家出版社还给他出过诗集。如今老了,也没啥别的念想,说这些年又写了不少新的,好几首长诗还在省里的报纸征文中获过奖。给自己画一个圆满的句号吧,他想此生再出一本诗集。说将来人走了,好歹给子孙留下点痕迹。

杨女士,八十岁。做了一辈子的机床工人。谁能知在她少年时心里便藏了个小秘密:将来长大了做个作家。可惜当时家里穷,书都没能读几年就早早地下地干活了。十七岁赶上一次招工,离乡去了城市,再后来随夫远嫁,生儿育女,生活的担子一直就没能歇肩。总算迎来了退休,孩子们也都长大成人,且各自奔了前程。这时候"回炉再造"的愿望在她心中不可遏制地被点燃,她敲开了老年大学的门,一口气选修了好几门基础课程。早晨漏掉的那些她想在太阳落山前补回来。她开始学习写作,尽管笔力不逮,但她不服这口气,早早晚晚地啃书本背好词好句。当然这中间也碰到了不少热心人,帮她修改文章,还推荐给报刊发表。她慢慢尝到了写作和发表的甜头,那颗潜伏的"野心"也渐渐大起来——她想在有生之年再出一本自己的散文集(十年前已出过一本了),甚至还想成为一名省作协的会员……

由于职业的关系,上述故事里的主人公均与我发生了交集——我在这两年里,花了不少时间帮助他们修改润色书稿,也帮他们一一实现了或许是生命中最后也最为看重的这点心愿,将几位的书稿分别都印了出来。当然,我这篇小文的落脚点并不在这里,对于一个大半辈子乐为他人做嫁衣的编辑来说,我无意于向这几位老人(其中有我相熟多年的老友)讨要什么,也并无半点标榜之意。之所以说起他们的故事,是想探讨一下,人到了这样的年纪,究竟还想要点什么。他们都只是普普通通的人,没有非凡的经历,亦无传奇的身世,所写文字也不会为更多的人所关注。他们竭尽全力所做的这些,在别人眼里或许并无多大的意义。与名利场似乎已基本无涉,我理解他们只是在完成他们自己。

对这个世界,他们其实已不要什么,物质的除了基本的温饱他们已没有更高的奢求;倘说要点什么,我想可能会是时间,以及一个相对安静的独立空间。他们想做一次人生的溯游,像鱼一样回到当初产卵的地方,哪怕只在水边站一站、停一停,捞几片已然沉底的那些久违的暖意。他们在回望中,试图找回自己的青春容颜和曾经有过的浪漫与激情;或因体能已大不如前,他们会时不我待地去做这份总结式的盘点;他们会把对亲人的念叨和牵挂通过一种文字的方式留存下来。他们自我觉得这件事的重要。所谓要点什么,应当更多的还在精神层面。其他的大概就不要了。

　　他是我从未见过面的一个朋友，很年轻，四十岁还不到。大学毕业后先在昆明的一家都市晚报做编辑，编文艺副刊。同时自己也写文章，很有思辨色彩的那种。他特别喜欢书，写过很多观点独到的书评。后来他离开了报社，接手了昆明一家有近百年历史的书店，那个书店的名字叫东方，在市中心很热闹的一条街上。他带着几个比他还年轻的年轻人，通过各种有声有色的活动，让这爿老店在西南重镇大放异彩。北京有一家知名度很高的万圣书园，我这个朋友接手东方后就一直很努力，给自己定的目标是，要让真正爱书的人都能认可这句话：北有万圣，南有东方。说诗人于坚是他店里的常客，有一次很高兴地对他说，你最终要向巴黎的莎士比亚书店看齐。

　　他为经营好这家书店，可谓动足了脑筋。比如六一儿童节，他早几天就在书店的公众号上为孩子们开出了书单。推荐的文章里首先对当下的儿童读物做了中肯的分析，认为存在着内容幼稚、包装过度、审美疲劳、成本高昂等一些怪现象，因此他提出的荐书宗旨是，离开花花绿绿的世界，回到经典里头去。然后按0—6岁、6—12岁、12—18岁三个年龄段，严格以"经典"的标准开出了一批书单。更有意思的是，为迎接顾客的到来，他让手下的年轻店员专门为儿童节设计了一套盲选福袋。每只福袋上都印一句话，是他称之为"活宝"的几个年轻人自己想出来的。他把这些不同颜色的福袋拍了照，发在朋友圈里。我觉得特有创意特好玩，特地把这些话抄下来，也让朋友们乐乐——

"我要过六一了，毕竟我也是个幼儿园毕业十几年的孩子。""我是小朋友这件事，你们都知道的对吧？""我不敢说话，怕暴露了幼儿园大班班长的身份。""我保持年轻的秘诀：谎报年龄。""儿童节跟我有什么关系，我每天都是个小朋友。""每天吃一颗糖，然后告诉自己，今天的日子，果然又是甜的。""我这个小笨蛋今天又和哪个小傻瓜一起玩呢？""童心，是比野心更难得的梦想。"……

假如六一这一天你正好经过这家书店，拿到这样的福袋，你是不是会很开心，是不是会进到店里挑几本书？我想答案会是肯定的。

2021年5月31日于盱眙天泉湖畔

家门口那家包子店

　　我在这个小区住了有二十年。马路对面的那家包子店也开了二十年。这条马路是因为建在这儿的几处小区而开设的,有了马路不久,就有了这家包子店。包子店门脸不大,门前放一张桌子,桌子上摆放一摞装着不同花色、品种的包子。店名一开始就叫"扬州包子",记得我曾问过当时也就三十多岁的老板是哪儿人,我心里希望他回答是扬州的,好跟他攀个老乡。可老板却挺实诚地告诉我,是安徽滁州的。我说你干吗不叫"滁州包子"呢?他笑了:那可不行,有谁认你滁州的包子?想想也是这个理,小老板还是有点商业头脑的。

　　店是夫妻店,就两口子忙。每天早上四点多便起床了,和面、揉面,现包现蒸。馅儿是头天晚上一样样打理好的。品种有五六样吧,肉包、菜包、雪菜包、豆腐粉丝包、豆沙包,还有烧麦,后来还开发了纯肉的蒸饺。当然也兼卖点黑米粥、南瓜粥和速成豆浆,这些不是他弄的,是从别处批发来代销的。早上五点半左右有赶早的,便能吃到他刚出笼的热乎乎的肉包菜包了。一上午生意都好,男的在店里面捏包子,火苗十足的炉子和一笼笼的屉子摆在靠门口的墙边上。女的只管在外头卖,卖空了的屉子再递进去让男人接着包。靠中午还会有点剩的,睡懒觉的这时候来也能吃到想要的品种。下午四五点钟老板还会再做一轮,也有些上了年纪的人,晚上喜欢煮点粥再搭几个菜包。算起来这生意几乎就是一个整日了。

刚开店那会儿,他们的儿子也就十来岁吧,下晚时分常趴在门前的凳子上做作业。这一晃,儿子快长到爹刚来时的那个年纪了,前几年结了婚,而且一口气连生了两个女娃,大的都有五岁多了。老板两口子忙完了店里那摊事,也就在门前逗弄这俩孙女玩。

老板每天最快乐的时光当是傍晚那一刻。一张小桌子放在门前,自己烧好两个菜,再到前面不远的熟食店剁半只烤鸭,外带几副爪翅。玻璃杯倒上近满杯,总在三两多酒的样子。犒劳忙活了一天的自己,不喝到脸红耳热有点说不过去。老板娘不太言语,也就端碗饭叉几筷菜,一边吃着一边还不时地丢下碗去照料身边玩耍的俩娃。说儿子媳妇到上海打工去了,等大的那个再大一点儿读小学了,他们要回来的。

二十年,在他们的脸上能看到时光的痕迹了。每天就这样起早摸黑地做包子卖包子,养大了儿子养孙女,这两个同为滁州老乡的夫妇,我想他们应当是快乐的。忙碌,让他们没有多余的精力再想别的什么。

2023 年 6 月 8 日夜于盱眙天泉湖畔

发屋老板娘艳艳

前几天和太太去艳艳发屋理发，她对我们说，这一回理了，春节前怕是理不了了。我们问为什么，艳艳顿了顿，说你们都是老客了，也没什么不好意思的，就直说了吧——不久前做了个妇科检查，说长了个瘤，还不小呢，医生让我赶紧手术。我开始想拖过年再说，你们知道的，过年前这个把月，生意不要太好哦，一般都能苦大几千呢。可老公和儿子说什么也不同意，问我要钱还是要命！拗不过他们，看来这个手术只能做了。言谈中并无对自己身体和手术的担心，反倒是因少挣了钱而生出莫大的遗憾。

我们搬来这儿有十六七年了，一直就在艳艳手上理发。当然她的这间发屋开的时间更长，一条街上的基本都和她熟。她是那种嘴一张手一双的角色，老公估计多半听她的。早些年她老公在外面跑酒的推销，也曾开过面包车替人拉货，但人老实，花头不多，总听艳艳说他跟钱无缘。这几年好像专心开网约车了，而且基本都跑晚班,说夜里面路上好跑,不像白天那么堵,相对能多挣点,只是人要苦些。他们两口子是从安徽来的,老家在肥东。有一个胖儿子,初见时大约才十岁,现在是二十六七的大小伙了。印象中他不太肯读书,技校毕业后去一家公司干了一段时间,来回路远,也拿不到几个钱,想想就算了,干脆父子俩联手,一起开网约车吧。

平日里艳艳一个人独当一面,洗头、理发、焗油、烫发,男女老少通吃,价格上比周边那些装潢豪华也能做出些花样来的店要低个几块,因此生意一般是不愁的。她只要把店门开了,很少有让她坐下来打瞌睡的时候。艳艳的本事是,团团转的间隙还能见缝插针,把一家人的饭菜给料理出来。父子俩在外面跑车,可两顿饭基本都赶回来吃。虽然颇利索的一张嘴时不时地会拿些事来数落这爷两个,但做的菜特别是荤菜自己却不舍得吃,总给他们留着。

好几次在店里,我见她一边忙活着,冷不丁地会照着自己的膝盖狠狠捶两下,问了才知道,关节炎年轻时候就有了,护膝都戴坏好几副了。有岁数大的熟客对她说,空了自己要歇歇,不是所有的生意都要做。艳艳听了总笑笑:我恨不得一连睡他个几天呢,可歇不下来呀!儿子再有年把就要结婚了,房是给他买了一处,但债也有一屁股呢,不苦能行吗!

那天说到做手术的事,我太太还特意给她说了几个注意点。可她似乎并没全听进去,自顾自地在嘀咕着:我不来忙了,这爷俩开车,饭到哪儿吃呀。

2021 年 1 月 16 日夜于盱眙天泉湖畔

去六合看大姐

那天的天气贼冷，有零下十多度。好些年没这么冷了。事先约好的，跟太太一道去看胡大姐和她老伴儿。路上花了一个半小时，先是乘公交，后来换乘了两条线的地铁。

胡大姐原本住在距我们不远的一个小区，走路也就十来分钟。但那房子过于逼仄，且终年不见太阳。年轻时在里面住着倒不碍，上了年纪便觉出了那份受不了的冷了。于是下了决心换房，但两个从企业退休的老人手上不可能有太多的钱，只好把着眼点放在离城区远一点的地方。朋友介绍去了六合区的一个镇，是三室一厅，两大间朝南，每天都阳光足足的。他们先是租住了一段时间，感觉不错，后来就决定买了。开始住到那儿多少有些不适应，胡大姐是个热闹人，有不少一道玩的朋友，每天早上都会在家门口附近的亭子里跳上个把钟头的舞，再在一道拉呱拉呱。一下子换了地方，人头不熟，也没玩的地儿了，胡大姐有几分落寞。

后来也慢慢习惯了,她就在那儿骑部电动车,一个人遛弯儿。小镇上几乎每天都有个集好赶,周边的农人把一些农副产品运过来摆地摊儿销售,胡大姐东张张,西望望,有时有中意的也会买上一点儿。再就是把窗台下的一小块地不声不响地点上了豌豆,移栽了几盆花,还自己当泥瓦匠,用黄沙水泥砌了个墩子。说等春天来了,往上面一坐,四面风来,暖暖的,不要太舒服噢!

我们那天去,胡大姐瘸着一条腿来地铁口接我们。还是年岁不饶人呵,早几年胡大姐还生龙活虎似的脚步子迈得老快呢。我们寻了处小饭店,一道吃了顿饭,说说笑笑的,四个人都蛮开心。后来去大姐的新家坐了坐,喝了杯她女儿给他们的铁观音。家里的地上打扫得一尘不染,胡大姐是个闲不住的人。她和老伴儿一人一个房间,老伴儿比大姐怕冷,房里除了壁挂空调,还放了台不大的油汀,上面用一只小夹子不知夹了些什么小袋袋,我没看得太清楚。估计是她老伴惜物,什么东西都不舍得扔。

我们认识大姐快有十年了。那是太太有一次摔伤,左脚的脚踝粉碎性骨折,在医院住了二十多天,胡大姐是我通过家门口的中介请来的护工。胡大姐人好,性格开朗,照顾人也有办法,一段特殊日子的交往后与我太太成了无话不谈的好友。我们家里有点什么事也都请她来帮忙。太太平素喜欢种点花呀菜的,正好楼上有一处露台,她们俩时常在上面捣鼓,忙得像什么似的;有时还搭伴出去淘点大大小小的瓶瓶罐罐。胡大姐小时候就是个苦孩子,她妈妈在菜场卖菜,她一放了学就来帮妈妈一块拣菜择菜。我太太曾写过胡大姐的童年,说那时候冬日里的寒风把大姐的一双小手吹成了红萝卜。

大姐的老伴儿以前在厂里开货车跑长途,算是走遍了千山万水,如今老了也就猫在家里哪儿都不去了。早些年患了高血压,这让他比较恐慌,每天爬起来最重要的事是测好几次血压和准时准点地服药。没太多的事可做,便会时不时地朝大姐发些无名火,不过大姐大人大量,不跟他计较。日子总要一天天过下去的。

他们有个女儿,做小学老师;外孙女今年要考大学了,所以女儿很难抽出时间从城里来看爹娘。平日里找他们说话的人没有几个,日起日落的只能是各自捧着一部手机打发时光。

见我们大老远地过来,胡大姐一定要给我太太送点什么,说不久前从一处拆迁工地上捡来的一只陶制小缸估计你会喜欢。太太看了,笑了笑,说这不好吧,大白天的夺人之美。大姐让老伴儿去房里找一个结实的塑料袋来,老伴儿应得麻利,还找来了打包绳,在塑料袋一转边都系了系。

稍许坐了坐,我们打道回府。大姐推一辆电动车,把小缸给我们驮到地铁口。寒风吹乱了她的几缕白发,但吹不走她从来就有的那股子乐观和倔强。"春天带小外孙一块儿来,我们去金牛湖玩!"大姐的声音一直响在我耳畔。

2021 年 1 月 14 日夜于盱眙天泉湖畔

我叫他徐总，他朝我直摆手：叫不得叫不得，也就是个几十人的小厂，小打小闹的，能称什么"总"？但在我看来，工商税务那儿领了照，你就是个企业，法人总经理是你，你便是个"总"。徐总有几分腼腆，我这么叫他，他就脸红，不好意思的样子。

他的这个厂子建在太湖边上，厂房是自己盖的，蛮开阔的一片。做的是工业炉体的焊接，规模虽不大，但找上门来要求加工的业务却做不完。徐总也才五十多岁，但身体不是很好，早几年做过大手术。以前也是蛮拼的，自从生了病，自己有意识地把节奏放慢了。生产上这一摊子他全部交给了张厂（后面的"长"字省掉了，这样叫，也显得亲热），他们搭档十几年了，处得就像兄弟。

最初他们在同一个企业共过一段事，张厂还做过徐总的班长。技术上两人不相上下。后来徐总自己办厂，想找一个得力助手，立马就想到了他的班长。徐总为人厚道，张没犹豫，很快就来了。张其实只小徐一岁，但身体硬朗，爬高上低的绝不含糊。在工作上，张是个有脾气的人，看不顺眼的事捺不住要讲。而徐则绵柔得多，你发火，我不响，带一双耳朵旁边听着。因此性格上两人恰恰构成了一种互补。

我作为和他们接触过几次的局外人，从旁观察，发现他们俩有一个共同的品质，那就是他们都是孝子，对父母亲都很好。徐母亲已过世，父亲快九十了，他不放心老人独自生活，特地在厂里安排了一个宿舍，早早晚晚地看护侍候。去年重阳节他和张厂一道开车带着父亲去爬西郊的穹窿山。张厂是山东德州人，十七岁那年顶替在厂里上班的父亲，去了安徽宿州，再后来又至苏州，在这片热土上打拼了二十多年，早已在此生了根。如今他父亲不在了，老母亲在宿州由妹妹照应，他除了经济上给予资助，还经常忙里抽空回宿州看望老母亲。而每次回去，徐总也都同车跟着，为张厂的老母亲买这买那。平日在厂里，张厂对徐总的父亲也像对自己的父亲一样，冷暖安危时挂心头。前些时候天气骤冷，徐父心脏不适，医院病房里，身强力壮的张厂将老人抱上抱下。

徐总同我说，一个人能不能相交，很重要的一条，看他怎样对待自己的父母。这个人倘若连父母也可以不要，或者说无法包容，那可要打个大大的问号。这个观点我特别赞同，记得多年前我曾为一个年轻朋友出书写序，序的题目就叫《与孝子为伍》。

两个孝子走在一块儿，就不用担心他们的事搞不成。因为他们对这个世界会温柔以待。

2021年3月17日凌晨于盱眙天泉湖畔

近日因女儿住院手术,我在病房陪护,得以同她邻床的病友交流,而拾得两位女子同时也是两位母亲的小故事。

其中一位来自高邮。老太太七十一岁了,和丈夫都已从企业退休。说两人现在的退休金加起来每月有六千多,吃用绝无问题。两人先前都干体力活,身体也都好。她每天一早五点起身,出去运动,跑足两小时的路程,而后去菜场买菜。要买十多样菜,不光两个老的要吃,还给儿子儿媳妇、女儿女婿每家都做两只菜,荤素搭配好。每日中午十一点多,他们各自开车来拿。说儿子是搞家电销售的,前些年效益不错,现在大家都玩手机了,彩电什么的难卖了,空下来也只好在家歇着;儿媳妇在一所学校担任总账会计,收入是能保证的;孙子大学已毕了业,自己努力还考上了公务员,因此一家人的日子基本不愁。说女儿刚刚过了五十岁,有了三十年的工龄,已从一家企业退休,开始吃上劳保了;女婿从企业下来得早,脑子还比较活络,弄了个小加工厂,做电机上的配件加工,厂虽小,但有固定的合作关系,所以还能挣到钱;外孙女也争气,在南京读完大学后留在了那里,谈了个对象,对象在一家上市公司做销售,年收入也不赖,两家合在一起在南京买了一套房,这两年就准备结婚了。老太太跟我说起子孙们的情况,精神头十足,一点儿不像患了癌症的人。说癌症是去年三月在当地医院体检时发现的,朋友介绍来南京做的手术,一刻没有耽误。之后便隔一段时间来做一次化疗,现在看是稳住了。就是胃口还不太好,夜里睡觉得靠安眠药。这回是她业已退休的女儿陪着一块儿来的,住了有三四天了,做了一通检查,开了些中药,马上就回去了。女儿不在病房的时候,老太太悄悄跟我说,儿子对她更有耐心,问什么都不嫌烦;女儿好是蛮好的,就是嘴比较"臭","这跟我从小惯她有关系"。和老太太聊天,发现她就是耳朵有点背,脑子一点儿不差,反应很快,表述也很到位。我时不时地夸她几句,她颇受用地脸上绽出笑来。

另一位来自南通的如东,也是妇科方面的疾症。因为化疗,花白的头发稀疏了不少。熟悉后我有点唐突地问她有六十多了吧,她朝我望望,说才五十八,弄得我有几分尴尬。病床上时见她枕在被褥上用手机玩自拍,不多的头发被她用一根挺鲜艳的发带束上了,看得出年轻时是个美人坯子。听她说病了快两年了,但精神状态明显还不错。有一个生得十分高挑的女儿,几天里都见其过来在床边帮母亲做按摩,轻手轻脚的,和母亲说话也是慢声细语,像哄孩子似的。女儿不在时当妈的不无骄傲地对我说,她三十五岁了,从来就没对我高声说过一句话。我感觉这句话更多的是说给邻床那位高邮的大姐听的,多少有点显摆的意思。她还说女儿如何能干,跟她年轻时一模一样。工作单位是一家省级外贸公司,经常往国外跑,这一年碰上疫情,闲了许多;说这个女婿也很"牛",亲家开的是一个打捞公司,手上光打捞的船只就有八九条,涉及的业务范围还挺广。我没详问她都打捞些什么,但她说了几个数字颇让我咋舌。说到其小外孙时有点眉飞色舞,外孙出生那年她从家乡来到南京,孩子由她一手带大。讲小家伙聪明、用功,一路过关斩将,现已考上了位于新街口的金陵中学,为此不久前女婿花巨资在那附近买了处学区房。

……也只是大致了解了她们两个家庭的一些基本轮廓,她们各自生命中所经历的风雨潮汐,也只有她们自己最为清楚。我能体会到的是,作为女人她们有太多的不易,生儿育女,饭是一口口喂进去的,路是一步步搀扶着走扎实的。如今她们老了,本该好好享点福了,偏偏属于女性的疾病又来找上她们。但她们在精神上却很顽强,一边做着化疗,一边还与我这样萍水相逢的病友家属谈笑风生。虽然两人在性格上各具个性,但共同点是,她们把更多的爱和关注投放在了儿女和孙辈的身上。她们以子孙的幸福作为自己的快乐。

普普通通,平淡如水,世间有太多的女人就是如此走过自己的一生;而她们恰恰又正是这个世界不可或缺的一面风景墙——她们用青春和身躯衬托了男人的伟岸,这些男人当然也包括她们的丈夫和子孙。

2021 年 1 月 30 日夜于南京

去过一次陆文龙先生的家。在他家阳光很好也很开阔的院子里，和他们夫妇照过一张相。背景是两棵腰围近两米的香樟树。香樟树的挺拔一如文龙先生的身形。那一年他已七十五岁。

他的夫人不太讲话，招待你喝茶，吃事先准备好的水果、点心。讲的是常熟方言，意思是吃一点儿，别客气。一直都笑眯眯的。后来文龙先生和我谈书稿，夫人就不声不响地去院子里忙她自己的事了。

老两口算得上有福之人，一双儿女都读到了大学毕业，有不错的工作，在常熟城里生活。孙子、外孙也都已长大成人，外孙已在一家传媒公司上班，孙子还在南京一所名校读研二。

平日里，老两口的生活平淡而简朴，门前和院子里有几片不大的菜地，长一些应时的蔬菜。文龙先生是个喜爱安静的人，一日三餐之余,临临帖写写书法,搞一些地方史的研究和写作;也会和夫人一道去菜地里浇浇水、拔拔草,给她打打下手。他们住的那个地方叫七峰村,青山和绿水,跑不了多远,都能见到。

2019年的春天,他忙活了好几年的一本书《福山村史话》出版了。从南京、苏州、常熟来的一批专家,为他这本书开座谈会。海虞镇的领导很重视,组织了一台情景剧,让当地的中小学生通过表演的形式,把他这本书里的一些精彩片段,在灯光和音响烘托下的舞台上展现。

对家乡而言,文龙先生干了一件功德无量的事,他把祖祖辈辈绵延不绝的乡愁浓缩在了一本可以流传下去的书里——在这里出生的孩子,任他们将来走千山闯万水,总归有一日还得寻到这根上来。

文龙先生如今已是七十七岁的老人了,每天仍会拿出点时间来玩手机、看微信。我知道他一直在关注一个群,这个群是因他而建的——当时来参加他新书首发和研讨的一些专家和媒体的朋友,为了便于联系,而拉了这个群。类似这样的“群”,可以说见得多了,常常是热乎不了几天,便没了踪影。

而这个“群”,伴随着春风秋叶已走过了一年多的时光,文龙先生像侍弄他门前的新鲜菜蔬一样,每天都会在这里发个表情或发段话问候大家。好几个媒体的朋友也都愿意把自己最新发表的文章,放在群里共享。而对每一篇文章,文龙先生都会在第一时间十分认真地阅读,并及时反馈他的感想和评价。

文龙先生的谦逊常常令我感动,对群里一个十分年轻的女记者,文龙先生也是一口一个老师地叫她。

谦逊,在任何时候都是一种美德。设想一下,一个可以做你祖父的人,面带着微笑,很真诚地与你交流,甚至向你讨教,你心里会有怎样的感受?是的,你会说:肃然起敬。

对文龙先生,我也常常怀有这样的敬意。

仪征有一个朴席镇，因盛产席子而得名而闻名。遗憾的是，这个镇子我并没去过。今日写它，是因了在我生活中曾经出现过的两个人，他们的家在朴席。由于他们，我对这个地名感到亲切。

那时我二十岁不到，高中毕业后被分到一个大集体性质的纺织企业当机修工，上三班倒。纺织女工是非常辛苦的，八小时要生生站着。这个厂子做的是前道工序，即将棉花做成纱。一踏进车间，是震耳欲聋的机器声，工人们讲话都得凑近对方耳朵，近乎喊叫才能听得清。有相当一部分机器是上世纪英国产的，祖母级的，老掉牙了。因此生产过程中机器的故障也就频频发生，这对一个刚刚上阵的新工人，可以想象是怎样一种艰难，甚至有时候就是狼狈不堪。我有一个车间领导指定的师傅，他人不错，平时对我也笑眯眯的，但在机器修理上，有些"弯弯绕"的细节，他不轻易抖露给你，只说一个大概，让你自己去琢磨。所以这份工作我干得并不轻松，从上班到下班，我的工作服常常都是湿的，一个班下来要流不少的汗。而让我感受到"组织温暖"的是一位姓杨的排长。车间当时叫"连"，有连长和指导员；往下叫"排"，排长管三个班，有三十多个人。这三十多个人的劳动生产和思想作风都归排长管。

我们的杨排长（简称杨排，大家都这么叫）是仪征朴席人，通过招工进厂的，已干了七八年，是老师傅了。手下大都是女工，有些年纪比他大的，叫他小杨。他当时三十五六岁的样子，身形比较瘦。但特别能吃苦，凡事都冲在前头。开粗纱机的女工每次落纱，也都叫他来帮忙；她们要上厕所了，便拖住杨排顶一阵窝。厕所一去老半天不来，杨排脾气好，从来不见他撂脸子。我新来乍到，他对我十分关照，见我有解决不了的修理上的难题，他会帮我出主意，或根据他的经验跟我一起搞。照道理我是新来的徒工，有些事他完全可以发号施令，但他不，他跟我说话，从来都客客气气的。车间布置阶段性的生产小结，他放手让我来写初稿，夸我是高中生，笔头子比他强多了，弄得我挺不好意思的。平时杨排吃饭都晚，换机子上的女工先去吃。我赶上修机器也会吃得晚些，他就同我一道去食堂。买到好吃的菜，总爱往我饭盒里夹一点儿。我那时候还不会骑自行车，下了中班已是晚上十一点多了，他不急着回宿舍休息，陪我到马路上练骑车，跟在我后面跑得气喘吁吁的。那情景真像个大哥哥，让我好生感动。一年里除了农忙那几天，他要请假回朴席，其余时间都待在厂里，工友们一致认为他爱厂胜过爱家。他有一个七八岁的儿子，带到厂里来过，见到人怯生生的，笑起来很像杨排，小嘴巴也有点瘪。1978年的春天我从这个厂子去念的大学,头两年还回到厂里去看过几次杨排,后来就渐渐联系少了。想来他也有八十出头了,如今不知在哪里,叶落归根的话,那是该回到朴席生活了?

另一位家在朴席的,姓左,左师傅,认识他是在 2003 年。当时我八十多岁的老父亲因病住院,需要一位护工,医院向我们介绍了他。左师傅当时五十多了,因女儿嫁到了扬州,他也来这儿自己找份活干,时不时地可以看到女儿。第一次见面,他告诉我家在朴席,我就对他有好感。在医院陪护一段时间后,他随我父亲一道回家,在父亲的床边搁一张小床,这一干就干了整七年。左师傅做事认真细致,不急不忙的,年轻时他在部队干过炊事兵,做菜的手艺还不错,一日三餐他根据父亲的口味做些不同的菜。父亲患的是脑梗,手脚不太灵便,上厕所、洗澡什么的,基本都靠左师傅相帮完成。每天吃了饭,父亲要出去透透气,但腿已迈不动了,是左师傅扶他下楼,用轮椅推他大街小巷地四处看风景。那时的父亲就像个老小孩,出去了不肯归家。左师傅不嫌烦,不怕累,记得他跟我说过:"只要老太爷开心我苦点累点无所谓。"有两年春天,我把父亲接到南京我这儿来住一段时间,左师傅也跟着一块儿来。他对待我父亲的那份耐心,点点滴滴的,我全看在眼里。后来父亲病情加重,吃东西吞咽困难,左师傅想尽办法做一点易消化的食物,哄着喂父亲吃。为了照顾父亲,二姐和姐夫全都放下手上的事情,搬来和父亲同住。左师傅我们还继续请着,他于是十分配合地辅佐我二姐,成为她的得力助手。

一晃,父亲走了快十一年了。左师傅后来也回了他朴席的家。有几次我回扬州,打电话把左师傅请来喝酒,在一块儿总说一些老爷子当年的趣事。

　　——不久前有一位在仪征生活的老作家给我寄书，说到他当年师范毕业后被分到朴席的小学做了好几年的老师。这个地名于是勾起我对两位朴席人的怀想。

2021 年 9 月 25 日夜于盱眙天泉湖畔

国庆假期，去太湖边上的一个乡镇看一位友人。友人在那儿开有一爿厂子，不大，也就几十号人吧。做那种工业用的炉体焊接并精细打磨的业务。有些年头了，因为信誉好，所以生产的单子是不愁的。没有太大的利润，但几十号人过日子还能对付。似乎苏州老一辈的还比较认可这种小富即安的生活状态。

友人比我小，但也有五十六了。二十岁开始干的这一行，在一家县办企业。别人用三年才能拿到的压力容器焊工合格证，他用汗水拼了三个月拿到手了。这方面他似有天赋，全县举办的技术大赛好几次都是他夺魁。他人忠厚老实，每日就知道戴个面罩拿把焊枪埋头干活。突然有一天，企业宣布改制，十八年的奋斗付诸东流。一两万块钱买断了他的工龄，也买走了他最宝贵的青春年华。

咬咬牙，把泪水吞进肚里。老话说荒年饿不死手艺人。凭本事吃饭,他很快申办了一个小厂,还是干电焊老本行。不过活要自己去揽,揽来了得小心翼翼地去做,不敢有半点差池。租人家的厂房来用,几年里挪了好几次窝。那种不安定感让他觉也睡不踏实。及至后来,终于瞅准机会买下一块十几亩的地,紧接着又贷款三千万建了一批标准厂房。

摊子铺开了,照道理可以甩开手脚好好干一场了。多年信用的积累,厂子有着很稳定的市场,规模和效益都笃定可以再上几个台阶。谁料,袖子刚刚撸上去,身体内部的警报却拉响了,去沪上医院一检查,发现得了恶性肿瘤。放疗治病的那一段时间里,他对自己的人生有了重新的思考。回来后他接受家人的建议,将大部分厂房租赁出去,自己的厂子只留够用的一块。日常生产和销售的担子给了一直跟着他的女婿,一些和政府职能部门打交道的事儿也带着年轻人慢慢去做些交接。这样一来,身心也就解放了,腾出手还能干点别的。厂区里边边角角尚有些闲置的空地,早早晚晚的,他完全玩似的侍弄一会儿也都长势不错的青蒜、韭菜、毛豆角儿;桃树底下还有几只鸡和打小抱来的鹅,他把工人们吃剩的饭菜弄来喂养它们;秋天到了,橘子呀石榴呀,好像还有银杏,都可以采摘了。他跑进跑出的,忙点这些事儿。

其实这位友人还有一好,早在高中读书时就喜欢弄弄笔杆子,这两年他饶有兴致地捡拾起来。晚来灯下读点书,简书平台上写一点儿自己创业的小故事,时不时地还参加一些文友们四处走走的笔会,倒不是图什么名利,只是觉着这样的生活方式对身体好,对心灵也是很好的调适。

他跟我说有一个高中同学,玩得蛮好的,两人年纪也相仿。

那人也做一个厂子，在阳澄湖边，不过规模比他大多了，事业干得轰轰烈烈；还特爱写作，书已出了三四十本，他也经常参加那个同学的新书分享会，对同学很崇拜。他说自己不跟同学比，的确也比不了，人应当要认清自己，有多大的喉咙就唱多响的歌。

三两天的相处里，我发现这个友人的身上有不少值得我们学习的东西，他平和、安静、知足，对父辈和兄长有极可贵的孝慈之心。那天招待我们用餐，他向我打了招呼，先夹了些饭菜给住在厂里的老父亲送去。说老父亲快九十了，天气慢慢冷了，待在床上不太爱动。还见到了他的两个哥哥，都从各自的岗位上退休了，但家庭经济情况都不太好，他在厂里给他们安排一点儿事情做，这样每月可以发些工资给他们。

朋友说，厂子离太湖很近，休息日他会自己开着车子去太湖边看看，站站，发一会儿呆。大多数情况下太湖水总是波平浪静的，没有多少声响，做人做事大概也该是这个样子吧。

2020 年 10 月 10 日于盱眙天泉湖畔

高淳老街，又见梅先生

　　隔了将近五年，我又来到高淳老街，最想见的人是"梅家鞋铺"的梅老先生。

　　五年前老人家已是八十七岁，五年过后，不知他可安好？

　　从人流中一路过来，老远的，便见到了依旧鹤发童颜的老先生。似乎还是那张有个靠背的竹椅，竹椅上垫有一块软软的棉垫。店铺内外的嘈杂声，并不影响他埋头做手上的活。从十五岁开始跟姐夫学做鞋，心无旁骛，就这样一天天一年年地干同样一件事，光阴、岁月，在他针来线往的指间一点点地流走。想一想，这得要有怎样的一种定力？！

　　我向梅先生请安，他很有礼貌地站起来，清瘦的身子板还挺得笔直。我夸他的手艺，夸他有一双还能做针线的好眼睛。他从身边的货架上取出一本影集，给我看他年轻时候的照片，说那是二十世纪五十年代，公私合营不久后拍的。那时他三十岁还不到,几多英俊倜傥,清澈的眼神里透出对美好生活的满心憧憬。

梅先生坐着,前面的一张长条小桌上,摆放着由鞋楦撑起的一双双红红绿绿的虎头鞋,童趣满溢,煞是撩人。我那只有两岁半的小外孙,一动不动地站着,很入迷地看着九十二岁的梅爷爷在做鞋。

同行的小何叔叔为小外孙选购了一双布底带袢儿的凉鞋,小外孙穿在脚上,很开心地与梅爷爷挥手再见。

鞋铺的店堂里有一副当地书法家写的对联:千针情深纳百层布鞋/双足踏实立一生气节。鞋,是用来走路的,走什么样的路,路的前面会出现什么,你将以怎样的气节去对付,如此等等。但愿我一天天长大的小外孙,日后能读懂这副对联,也能记着这位两袖清风给人做了一辈子鞋的梅老爷爷。

2020 年 5 月 7 日于南京

点点滴滴的美好，如春之花亮在生活的草丛间。

——题记

一

他每天凌晨五点左右起床跑步，跑步回来坐定了，会给一些较亲近的朋友发去问候早安的图片。图片是他精心挑选的，每天都不同。还会配上两句诗一样的话，诸如："永远年轻/永远热泪盈眶"；"愿你在冷铁卷刃前/得以窥见天光"。他年轻时发表过很多诗，现在写得少了，但那种诗的激情被他留在了几十年的生活里。

二十多岁时他从故乡走出去，一路奋斗拼搏，在北京安了家，买了房，呼吸了不少北京的空气。也就五十多岁，却令人意想不到地有了退隐之心。他又回到了当初出发的那片土地上。孩子大了，让她留在北京，她的人生由她自己扑扑翅膀独自去闯。

他回转来读书、写作，和青年时代的友人一块儿掼蛋、喝茶、赏画。时不时地也会自驾去不远的江边、山林，走走看看。昨日一早他在自家窗台上拍了一盆很美的花发给我，留言说：一个卖花的老太踏着三轮从我跑步的路口经过，想到窗台上那只空花瓶，于是就挑了一株。他又告诉我，这盆月季叫皇后。我回了一个笑脸给他。哦，这是一个善于把诗意糅进生活里去的人。

二

也是一早五点多钟，这个七十多岁的老人给我发来一段视频"东航 MU5735"，并附有他的一段感言：一夜无眠。听着这里面的歌，我老泪纵横。一百三十二条鲜活的生命就此消逝。天有不测风云，人有旦夕祸福，生命诚可贵，且行且珍惜。

这位老人我没见过，只是一个群友，他主动要求加我，并发了自制的音乐相册送我。知他原在政府部门工作，退休后热衷公益事业。当地教育局给他颁了"特邀督学证"，公交公司聘他做"行风监督员"；关工委和敬老院是他经常光顾的地方。他写格律诗词，也写一点儿读史札记。感觉每天都很忙碌。

常怀一颗慈悲之心，怜悯天下苍生。这样的老人可爱、可敬，我为他祝福。

三

他近乎一个传奇人物。十八岁从吉林长春下放到延边自治州牡丹江畔的一个小山村插队,在那个屯里做了好几年的赤脚医生;后来通过考试进了长春一汽所辖轿车厂,做了个磨床工。1978 年春考上大学,毕业后留校,种种因缘巧合,当然更多的是靠自身努力,他一直做到了这个大学的副校长;再后来调到北京一所高校担任党委书记。又几年,国家几个部委合作成立的一个公司,调他去做老总。不知何故,一段时间后选择了下海,去了深圳、香港,及至美国。

在美国的一天,从微信上看到一个家居南京的朋友在盱眙天泉湖边买的房,那幅背景图一下子击中了他深埋于心的"知青情结"。面朝湖水,三面环山,他仿佛回到了五十多年前那个待了八年的小山村,酷似的景致活像一对孪生姐妹。他人没到现场,隔空请在宁的朋友替他签了购房合同,说晚年就在这儿度过。这是一种多么神奇的精神返场啊!

我就是在这个养老社区里见到他的,他拉我到他那间环山面湖的客厅里小坐,给我讲他风雨人生的故事。他还告诉我,这些年又添了个特殊的爱好:用最优质的相机拍摄星星,捕捉夜空里那些转瞬即逝的惊艳之美。经常晚间十点半,等社区里的路灯灭了(为的是防止光污染),他便像个神兽一样出笼了,头上戴个矿工用的探照灯,沿着小径,踏着夜露,对准天空,拍下了许许多多的星象图。有一晚拍到了北极星在树梢上,夜里就迫不及待地把图发给了我,兴奋得简直像个孩子。

虽也已七十多了,但只要有梦,一样可以被称为孩子的。不是吗?!

2022 年 3 月 29 日夜于盱眙天泉湖畔

　　记忆中父亲的身体一直都很不错。见我们有时候头疼脑热吃药片，甚至会讥笑我们不中用。大约到了七十岁以后，发现他时不时地会说腿脚关节痛，也开始往医院跑了。他比较信中医，大罐的药汤能喝得下去；打针灸也有耐心，十天半月的不会漏掉一次。他也因此很恭敬地交了几个医生朋友。每年春节的正月初三，那几位医生他是铁定要请到家里来喝顿酒的。年前便给人家打了招呼，初三上午他又一家家再上门去请一次。这些医生其实都是大忙人，新年头上的活动估计不会少，但知道父亲做事的认真劲，说王教授这顿饭我们无论如何要去的。把朋友请到家里来吃饭，这也是父亲坚持了几十年并灌输给我们的思想。说在外面请得再多，别人不一定记得；在家里哪怕弄得不如饭店，但你的诚意别人却能感受到。

　　父亲对待医生的这种态度，一定程度也影响了我。家里人有什么毛病去看医生,我虽在一边陪着,但内心却很虔诚。医生讲什么,都当回事,执行起来绝不打折扣。这些年里,像父亲一样也交了一两个医生朋友。其中一个在南京,姓蒋,认识他的时候他才四十岁,医术却很精湛。他是陕西人,西安医科大学的博士,作为人才引进来的南京,后来又去德国海德堡大学读了博士后。说起来已经是十多年前的事了,那一回我妻子不慎摔了一跤,跌得很重,左足三踝粉碎性骨折且脱位。救护车把她拉到距家较近的中大医院骨科,当时接诊并为她施行手术的正是这位年轻的蒋主任。在侍候妻子住院的二十多天里,我和蒋医生有较多的接触,他对每一个由他手术的病员所表现出的细致入微的关爱我都看在眼里;妻子出院后他还曾多次来家中为她换药和察看术后恢复情况,这一切都令我十分感动。后来我约他做了一次深聊,了解到他不凡的身世和自小而来的奋斗历程,我为此写了一篇文章,表达对他治学精神和仁爱之心的一种敬意。似乎也因了这样的贴近,我和他成了一对很好的忘年交。之后我曾因好几个朋友或同事的亲属的骨伤病治疗麻烦过他;也曾因小外孙突然不舒服好几次通过他去咨询其他科室专家的意见。他为我以及我的朋友做了不少,想要谢他,他却总是说不需要。好几次约他吃饭,他皆因手术或值班而无法赴约。有一次我去医院看他,他在楼下的咖啡厅陪我喝了一杯拿铁,两人在一块儿说了不少的话。我一直记得一个镜头——在我妻子住院期间,病区里有一位保洁工,已是双鬓染白了。那天在走廊上蒋医生对我说:"我每每看见她,就会想起远在家乡的母亲,她也是这样操劳,过早地便有了白发。"这句话流露出他对母亲的思念,同时也表现出他作为一名医家极可贵的一种品质——仁爱。

另一位值得一记的医生朋友住在苏州,和他的交往倒不是因为看病。不过他也是一名骨科医生,在全省范围内都很有名。这个人兴趣特别广泛,业余生活尤为丰富,音乐、摄影、运动都达到了专业水准,每一项均可称作达人。此外他还喜欢写作,已出版过好几本作品集。是苏州的一位作家介绍我们相识的,随后的十几年间我们有过不少的文字互动。前几年他出一本书,很客气地邀我给他写序。我也因个人的事找过他。那一年小外孙出现了心脏方面的毛病,本来想去上海做手术,我请他帮我联系沪上的医院,他动用了学生的关系,连夜为我打了好几个电话。虽然后来没去上海做手术,但这份情谊我始终铭记在心。这位医生朋友姓姜,只要有机会去苏州,我们总会约在一块儿聚聚,说一点儿文章上的事儿。

2022 年 10 月 5 日于盱眙天泉湖畔

小孙姑娘

小孙姑娘有一个男孩的名字：旭，旭日东升的旭。她做事的那份果断，确有点男孩的风格；但处处显出的周到，又分明是女孩的特点。那天她跟车一早从苏州专程来宁接我们一行；几天采风跑了八九个点，她都一一跟着。采风的人里数我年纪最大，她车上车下地照顾我，帮我提包；在几处泵站爬楼梯，她一再叮嘱我慢点慢点，那番细致我女儿怕也做不到。

几天下来我慢慢知道了她的一些成长经历。她老家在扬中市，那是长江里的第二大岛，这样的出生地似乎暗示了她这一生会与水结缘。她二十二岁从南师大毕业，学的是国际经济与贸易专业，照道理她应当走另一条人生的路，但她偏偏通过统一招考的途径，跨进了省太湖管理处的大门。职业生涯的第一站是丹金闸枢纽，一个学国际贸易的大学生干上了船闸的售票员。说那些年从上下游驶过这个枢纽的船只相当繁密，她的工作是三班倒，人休息而售票窗口却始终开着。她跟我讲到当时的工作情景：去票房上班要经过一段镂空的楼梯，她胆子小，不敢往下看，脚底下便是湍急的河流。尤其是上夜班，从宿舍到票房，一路上都黑乎乎的，"陪伴我的只有风声和鸟鸣"，这样的恐惧感是后来才慢慢克服掉的。她说这份工作也给了她一扇了解社会和普通船民的窗口。她跟我讲起一件事，我听了蛮感动。说是一个深秋的夜间，她下班后得知一位船民因一些生活琐事而动了轻生的念头。她陪着那个妇女在票房外的长石凳上，一直聊到天快亮，女子的心结被她解开了，那几天她自己也觉得特别高兴。还说有一年大年夜，她和值班的同事们在地处偏僻的工程所小食堂吃年夜饭，不多的几个人相互祝福新年，她为置身这样的集体里而感到温暖。大年初一她在票房看到一些船民开船起航，外面飘着漫天的雪花，她的心里也生出一种再登新征程的激动。

两年多后，她被调到张家港枢纽干综合后勤，当时所里只有五个人，她这个后勤管的事挺多，文秘、档案、党工团建设，还包括食堂、采购。她说到对她帮助很大的小刘所长——从在一片荒地上建枢纽到建成后留下来做所长。所有的工作他都身先士卒，一两个月不回家是经常的事。汛前、汛中、汛后都要对机组进行保养，忙的时候连饭都顾不上吃。这样的工作环境，让每个人都有坐不住的感觉，也的确锻打出了一种吃苦耐劳的精神。

这以后小孙又被调到有"引江济太""龙头"之称的常熟枢纽

和有"源头"之称的望亭枢纽，都分别干了几年。当时她已结了婚，并且有了双胞胎儿子。可以想象，为了工作她一定是克服了不少自身的困难。而这些她倒讲得不多，更多的是称赞别人。讲她那些女同事怎样能干，扛梯子，修水电，保养、维护机械，一样也不输给须眉。说一个叫尚晓君的女孩，可以徒手把苹果掰开，让她服气得不行。

在基层所整整干了十年，2019年底小孙被调到了位于苏州的省太湖管理处财审科工作。离家是近些了，但平时由于工作忙还是很难顾及孩子。省太湖管理处下设九大水利枢纽，分散在苏南各地，相关的财审要同下面对接，因此有不小的工作量。处里几乎每个科室人手都紧张，常常是一人多岗，别的活也得会干。相处的几天里，她有一句话一直让我回味：我们太湖处的这些女职工，真的很像太湖，温柔的时候可以柔情似水，担当的时候便能乘风破浪。

小孙性格开朗，同人交谈时脸上总带着微笑。她说自己很充实也很幸福，组织上信任她，不久前被提拔做了财审科的副科长。两个已八岁的儿子，是跟她一起生活的母亲帮助带着。她笑言，我是太湖处的后勤，我妈是我的后勤。

小孙姑娘一九八七年生人，比我女儿还小两岁。我想我们能成为忘年交。

与水有缘

那天在江阴枢纽的职工食堂吃午饭,有一个小伙子忙前忙后的,不时地到餐桌上来问我们菜的味道如何,开始我以为他是厨师;吃了饭我们去参观枢纽的泵站机组,他背着个相机,给我们拍照,我又以为他是搞摄影的。后来同他聊了一会儿,才知他是所里的综合后勤,还负责党建等一些具体事务。小伙子很憨厚的样子,有点像山东人,一问果然是青岛即墨的,父母亲都还在老家农村。再问他的身世,还真有点不凡。说十八岁从老家考到了烟台大学读书,四年毕业后,他又报名参军,很幸运地跨省来到了江阴中国卫星海上测控部工作,也就是我们通常所说的"远望号"基地。我问他大学都念过了,为什么还想到去当兵。他笑笑说,大约是受父亲的影响,父亲年轻时候也当过兵。我知道即墨离大海不远,而他当兵则来到了长江边。看来小伙子命中与水有缘。

在长江边的部队里他一口气干了十六年,做过文书、班长、代理排长和司令部招待所的所长,由于能吃苦肯钻研,立功奖状也拿过好些。2018年转业后他来到了省太湖管理处,仍然是一个和水打交道的单位。他很快就爱上了这里,工作干得也很出色。几年下来,业务慢慢熟悉了,他所负责的支部党建工作,省太湖管理处党委领导十分满意,他个人还因此获得了省水利厅优秀党务工作者的荣誉。

江阴是一座美丽的城市,小伙子在这儿也找到了自己的爱情。很自然的,他生命的根便扎了下来。他跟我说,这辈子不会离开水了,会一直做一个太湖的坚定守护者。

他还告诉我,女儿已经六岁了,长得十分可爱。我向他表示了祝福。

差点忘说了,小伙子名叫周学龙。龙与水难解难分,给他取名的爹娘莫非先知先觉?

2022 年 12 月 2 日于盱眙天泉湖畔

『戴帽子的戴』

　　不知小戴还能否记起那段岁月里发生在他自己身上的那些故事？概因那些故事同我亦有一定关系，所以我仍会不经意地想起。

　　距今已快三十年了，那时候我受命创办一本杂志。做这件事，当然是有一支人马的，不过这支人马力量极其有限。创办之始便要求走一条自负盈亏的路子，不仅没有一分钱的启动资金给你，年底了你还须将利润中的绝大部分拿出来上缴。理论上，这个要求也是可以成立的。但对我而言，无疑具有一定的挑战性。从一开始我就得学会算账，因为每个人头所发生的成本费用最终都要归到一本杂志的运营上来核算。编制内的用人，得考虑那种一个顶俩、一专多能的人物；此外，还得眼睛朝外，把网撒开，在与各式人等的接触中发现一些术业有专攻、能够为你创造效益的人。当然，这样的人又必须是兼职，他用业余时间为你付出的那部分辛劳，须付以适当的经济报酬。

二十世纪九十年代之初，在杂志上利用一定的版面宣传企业形象和具体的产品的模式刚出现不久。我们一起步就选择了这样的模式，这和所办刊物的纯粹市场化路径是相一致的。杂志的创刊号经过一段时间周密的内容策划，加上组发稿件的独家特点，再加上推广发行的措施得力，在全国范围内得以一炮打响。这一定程度上为揽接广告提供了硬件基础，也才有了后来小戴等一批人的出现和加盟。

小戴当时很年轻，三十刚出头，但阅历却不凡：插过队，当过兵，转业后在一家省直单位做人事管理工作。他不但精力充沛，对新鲜事物充满兴趣，而且善于同各方面的人士打交道。他的父亲做过主管工业的领导，几兄妹里父亲比较欣赏这个自小就不太安分却很有创造力的孩子。父亲的一些部下大多在企业做老总，有时候来家里玩。父亲会有意识地让他来陪人家聊天，结果这些叔叔伯伯后来成了他很好的人脉资源。他在我这本杂志上最初展开的手脚得益于他先前的那些人生积累和处事经验。

再往后，视野的逐步展开和对更多目标人物的锁定，凭借的则是他身上那股不服输的耐力。他肯吃苦，不怕碰钉子，愿意以最大的热忱去感化客户。平时他骑一辆电动车，腰上别个BB机（那时候BB机刚刚流行开来，我们一帮子人用的BB机也都是他化缘化来的），大街小巷地四处奔走。有不少企业老总的电话，他是从邮局的黄页簿上弄来的，然后又挖空心思把老总们的住宅电话搞来。先是约见面，一叠事先备好的杂志封面和做得十分漂亮的广告版面，很麻利地摊在人家桌上，他几分钟之内用最简洁的话语完成他的"王婆卖瓜"。接下来谈怎样给对方"一对一"地服务，以及可能带来的广告效应，等等。

由于他所有的工作都是在兼职状态下进行的，原单位那头他还得大体做好，得说得过去，因此一旦有空脱身出来，他非得打"短平快"，向时间要效益。每次出现在我面前，他总是风风火火的，说几句话就跑了；特意为他泡的一杯茶，还没等凉下来，已不见人影了。有两个夏天的中午，他跑到我家里，说是歇歇脚，也是没坐几分钟，便用我家的座机给客户打电话。接通后，他先自报家门，然后一定会加一句"戴帽子的戴"，解释他的姓氏。说话语气的一本正经，和那句话的反复使用，常令我忍俊不禁。而恰恰就是这一句，快三十年了，让我一直没有把他忘掉。

记得那一年的夏天，为了表彰他为杂志在广告开拓上所作的贡献，我陪同他一家，一块儿去了趟大连，以欢快的海浪与美味的海鲜犒劳这位助我一臂之力的功臣。

真的是"跑马溜溜的岁月"，如今小戴也已成了老戴。谢谢他还记着我，每天都还通过微信给我发一段记录重要历史时刻的"那年今日"的文字，这是富有小戴特色的一种问候。他曾经是一名军人，每一个极小的生活细节里都透出他的信仰和做人的规整。

2022 年 4 月 3 日晚于盱眙天泉湖畔

之一

那天早晨，跟社区的车去古城镇赶集，因离家匆忙，门卡落在了屋里，急得不知咋办。值班管家说，你们先上车，一会儿去镇上找王老好。他呀，什么样的锁都开得了，是镇上唯一在公安备了案的开锁匠。

那是我第一次见王老好。他在和润万家超市里租了两节柜台，每天一早从家里出来，在那儿承接各类电器的修理业务。除了人家拿物件来，十里八里范围内的，他也可以上门服务。他自己有一辆用旧了的二手车，车身上印着可以维修的电器名称，还喷了个大大的"修"字。车子后排勉强坐一人，其余空间堆着他七七八八的修理器械。

我们坐了他的车回社区。开门，也就用了三分钟不到的时间。似乎有一个专门的工具,但见他三下五除二,变戏法似的,门就开了。一百二十块,这个钱拿得叫爽。但这是他的"专利",别人不可以拿;价格据说是经物价部门核定的。既然来了一趟,搂草打兔子,家里那台油垢滞腻的油烟机也请他顺带打理了。不过这后来的一百多块,他拿得不轻松,洗啊弄的,忙了近两个钟头。在他做这一项工作的过程中,我看到了王老好的认真和他干这一行的不易。

老好是盱眙当地人,一九六九年出生的,也五十出头了。看上去挺精壮,很活络的样子。他一边干活,一边同我有一搭没一搭地聊他的一些经历。说小时候读书不大读得进,十七岁就跟庄上人学打铁了,炉火旁站了有几年,能打制各种农具。二十岁向上,随乡人去了南京,干建筑,做小工,一天能拿到七块钱。说当时晚上在卫岗附近歇脚,旁边是前线歌舞团的驻地,能看到一些青年男女进进出出。几年后又跟一个熟人去广州打工,很偶然地发现在景区给人拍照来钱,他也斗胆买了一台相机。站在景区门口拉人弄一张,让人写下地址,随后印出来给人寄去。每天咔嚓咔嚓地,拍照拍到手酸,不过点票子也蛮过瘾的,一张张点到手指发烫。

到了二十六岁,经人介绍去贵州相亲。没走什么弯路,见了一次,互有好感。第二次去,就接亲了,俏媳妇跟她一块儿来盱眙过日子了。没多久,给他生了个胖小子。有了儿子,王老好的心也就锚实了,不往外跑了,在家门口寻挣钱的路子了。先是租了个小门面,给人修自行车;再后来私家车慢慢多了,他也与时俱进,在汽车方向盘和导航的安装上拓出一条财路来。说"老好"这个名字是小时候大人叫的,有夸他的意思,但更多的是说他老实、木讷。叫啊叫地,村上人镇上人都认可了,都这么叫,把他的本名反倒给忘了。

修电器则是后来几年自己一项项琢磨出来的,洗衣机、热水器、燃气灶、油烟机、微波炉、电磁炉、电水壶、取暖器,他全都能捣鼓。小镇上几乎每一家的电器出了大小问题都找他,或送过去,或一个电话,他开着车子上门。乡里乡亲的,修理费基本都是看着给,从不跟人瞎要。碰到自己修不了的,他也不是一推了事,拿上东西,开车去二十公里外的安徽某地,自己掏钱请人修,他在一旁看着,人家修好了,那点技术也"偷"到手了。下次再碰到同样的问题,自己就能对付了。还跟我说起学打银镯子的事。当地有这样的风俗:小孩子过周岁生日,亲戚朋友去祝贺,要送一对银镯子。一般从家里找一点散银,请当地银匠打,打一对要一百元。他到盱眙城里的银匠铺,看人家弄,回转来自己就能干了。这在他是有基本功的,年轻时打过铁,铁是加热敲打后放入水里,淬火后变得坚硬;银子正好相反,淬火后变得柔软,可任意弯曲,做出你要的样子。

王老好人不错,后来家里微波炉坏了、除湿机出水接头不灵等问题,我又找过他几次,他也都很麻溜地给解决了。就凭着这双巧手,再加上肯吃苦肯钻研,一家人的小日子叫他整得挺红火。儿子如今也大了,二十多了,老好本来的意思是让他跟在自己后面修电器,可儿子不干,要往外跑,现在南京一家饭店做厨师,一个月也拿好几千呢。他朝我笑笑:"这一点像我,年少心野。"我说年轻人让他出去闯闯,过两年给你带个儿媳妇回来不好嘛！老好听了笑得嘿嘿的,露出一口蛮白的牙。

之二

我是在古城镇的一家理发店里认识王老的。开理发店的是他儿媳妇。他和老伴儿住在二里外的乡间老屋。那天我陪太太去理发,王老是来儿子这儿看重孙子的。几句话一聊,感觉蛮投缘,老人的话匣子便向我打开了——他乃本乡本土人,一九四五年出生在古城乡下。十九岁离家当兵,当时驻军就在南京浦口。二十世纪六十年代初,高中生还挺稀罕,到了部队安排他学打字,做打字员。后来调到军机关也还干这个,前后有五年时间。接下来下到连队当班长、副排长、排长,再去团里当文化干事,又回到连队做副指导员、指导员。听说我在南京工作过,他挺兴奋地跟我说起长江大桥建设中,他和首长到桥墩下面看施工现场的事。一九七九年转业回乡,被安排在乡里担任人武部长,再后来又做过宣传委员和人大副主席。几个岗位一转二十六个春秋就没了。也说不上有什么大波大浪,简单而平凡的一生就这么一路过来了。工作时忙碌惯了,退休回家后还得找点事干。六十八岁那年他自费去安徽一个果园跟人学嫁接,回来后自己栽种了几百棵橘子树,几年下来树都长得很好。屋后还有一亩多地的蔬菜,早早晚晚地,基本也都是他在忙活。

现如今七十七岁的身子骨还算硬朗,但世间之事总不让人那么顺心。王老五十岁的儿子本来应该是家中的顶梁柱,却在前几年患了尿毒症,每周要三次打车去县城做透析。他说全亏了这个能吃苦善持家的好儿媳妇,不单自个儿顶着一爿理发店,还要腾出手来帮助照料她那三个嗷嗷待哺的孙儿、孙女。王老自己也不轻松,比他小一岁的老伴儿由于多年的糖尿病也引发了尿毒症,也是隔上两三天就要去做一次透析。前不久又摔了一跤,行动不便,进进出出都得他用轮椅推着。王老对我说,做透析的这一天,他凌晨四点就要起床,五点天还没亮透,事先约好的车子便在家门口候着了。几十里的路,"六点多我就把老伴儿送到了县医院四楼的透析室,要四个钟头才能做完"。"每次透析他们娘俩坐一部车,凑在一块去。"那样的一幅场景,我听着心里都有几分酸楚,可王老看得出是条汉子,一副千难万难打不倒的样子。他说,好多事既然躲不掉,不如就迎上去。"每天中午饭,无论菜多菜少,我都会自斟自饮弄上一杯,算是给自己解解乏,提提神!"

后来见到几次,闲聊中,王老总很由衷地向我夸儿媳,说她忙完店里、家里那一摊子事,还抽空到他们住的老屋帮着种菜,养猪养鸡。十好几只鸡养着,全家老小吃蛋就不愁了。去年养的两头肥猪,都长到了五百多斤,过春节时宰了,没拿出去卖,亲戚朋友的好几家分分。

国庆期间,我约王老一块儿喝顿小酒,他早早地骑了部农用电动车,带了一盆芦荟、一盆仙人树和一篓子新鲜的鸡蛋给我。我推辞不肯要,他说都是自家的,也不用花钱,"你不要便是看我不起"。我不好再说什么,反正这个开朗而厚道的老哥,我把他当朋友处了。

2022 年 10 月 7 日于盱眙天泉湖畔

一首由陈奕迅演唱的动画主题曲《孤勇者》现在很火，不光是年轻人，据说很小的孩子都会唱。歌里面有一句让很多人破防的歌词，戳中了几乎所有听者的泪点。那句歌词是："战吗？战啊！以最卑微的梦。"可以说，这首歌唱出了每个孤独者和孤独的奋斗者共同的心声。

之所以想起这首歌，是因了在我生活的这个小区，经常看到的两个人和他们日常的活动场景。有一点触景生情的意思。

其中一个是周师傅。他人生得矮小，估计也就一米五左右。长时间地室外工作，大伏天的太阳差点把他烤成一块黑炭了。他身手十分矫健，在脚手架上爬上爬下的，像个猴子。早先好像是随一个工程队来这儿的，工程队走了后，他一个人留了下来。人肯干，人缘也好，住一楼的大凡需要整理院子的不少都请了他。清除杂草荆棘，他麻利得像一台除草机。铺砖，砌水泥，有时帮着去后山上搬火山岩——是那种圆圆的球状体，一个都有几十斤重。他用自己的小电动车驮来，码在院墙外面，很有点景观效果。好多活他都不惜力、不怕脏地伏在地上干。常常天已擦黑了，还不见他收工。他是徐州铜山人，讲话我们不能全部听懂。他常用的一个字是"管"，你叫他帮你挖几包土来，或找几根竹子给爬藤的瓜秧搭架子，他爽快地应你："管!"没多久不声不响地把你要的东西给搞来了。他在小区外面向当地的农民租了间房，晚上收了工，一身疲惫的，估计也就胡乱搞点吃的对付了。他孤身一人，老婆孩子都还在铜山乡下。父亲已不在了，还有一个老母亲，说已八十多了，就喜欢他这么儿。上面有两个也在老家的哥哥反倒不太过问，他因此时不时地要回去看看老母亲。我还以为他年轻着呢，那天告诉我，一九六八年生的，已经五十四了。我们家也曾零星请他干过几次活，算工钱给他，总要得挺低；给他买点吃的吧，不肯要，总和你客气地推让半天。每每见到在泥灰中埋头干活的周师傅，耳边总响起《孤勇者》里那几句近乎凄厉的词，"为何孤独/不可光荣/人只有不完美/值得歌颂/谁说污泥满身的不算英雄/……爱你破烂的衣裳/却敢堵命运的枪"。

还有一个小张。当然也不小了，是三个孩子的妈——大的是女儿，十八岁，今年考上了设在镇江的江苏大学，过了这个暑假就要去读书了；老二是个儿子，十四岁，马上要去盱眙县城上初一了；老三是女儿，十二岁，却有了近一米八的个子。小张原先在实业公司的小食堂里上班，家在古城镇上，每天一早五点半要赶过来给职工们做早饭。不过忙了中午饭就回去休息了。后来碰上这边养老社区分发快递的小伙子不干了，缺一个人，小张得知信息后向公司老总提出由她来干,老总也同意了。其实这份活儿比她在食堂干要累得多,一天八九个小时基本没停的。由于这儿缺少一家大型超市,许多生活用品包括蔬菜,老人们大都通过网购,所以取快件是每天必干的事。小张以前没做过这个,见排队取件的人多了,就有点慌乱,显得忙不过来的感觉。有一天见取件的人不多,我问她为何找这份苦吃,她说主要是为了儿子。儿子太顽皮,暑假时间长,她怕他下河游泳出意外,让儿子跟她一块儿来分快件,等于把他圈住了,每天都在自己眼皮底下。但儿子不太肯干,盯着台电脑玩游戏,反倒是十二岁的小女儿帮她干了不少,可以顶一个人用。我问她,你爱人呢,怎么不来帮帮你?她脸突然阴下去,说不提他。后来又跟我说,他一个是好酒,每天都要把自己喝醉;再一个是好牌,被人一叫就走。他不听劝,就是让他妈跟他说,也没用。讲她男人以前是跟着他爸在上海做与消防有关的工程,前几个月因为疫情回来了,没再去,基本就歇在家里。三个孩子的事一点儿也不沾手。从她同我讲话的口气里,听得出这个也才四十多岁的女人生活里承受了怎样的负荷。后来几次去取快件,我留心观察过,她跟人交流很从容,到货架上去寻件也很专注,没有心事重重的样子。有一双儿女给她打下手,她显得挺乐观。虽然我们没聊更多的内容,但光凭她将三个孩子拉扯到这般大小,这个女人就十分地不简单。也许她也不一定知道这首《孤勇者》,但歌词里唱的那些她或许都曾经历过——“孤身走暗巷”,“对峙过绝望”,“不肯哭一场”……

　　周师傅,小张,生活中这样的人无以计数,有些我们得以相遇,更多的则在那茫茫人海里。正如歌里所唱的,他们的“斑驳与众不同"，他们的"沉默震耳欲聋"。我在想，《孤勇者》之所以走红，是因为生活中有太多这样的孤勇者。他们披着"褴褛的披风"，"一生不借谁的光"，或曾在"黑夜中"发出"呜咽与怒吼"，但内心却有那样的决绝，"战吗？战啊！以最卑微的梦"。是他们，在不同的时空背景下，站成了这个时代也许是卑微的但恰恰是真实的英雄。

2022 年 7 月 27 日夜于盱眙天泉湖畔

　　几个月前，女儿帮我在手机上开启了"微信运动"的使用，这使得我在外面跑来跑去的，每天都有了步数的记录；而且让我与不少微信好友又多了一条相互致意的通道。不怕朋友们见笑，我所谓的"运动"大多是被动型的，那些每天所体现的步数，基本是因家务琐事而发生的。但让我惭愧的是，有多位好友每天都给我点赞，我知道那是向我打招呼，好比在散步的路上两人碰到了，他朝我笑笑并挥挥手。

　　我饶有兴致地关注起在步数排行榜上总是位列前几的友人，且很自然地想起了关于他们的一些过往。例如老吕，四十年前我和他在同一个县里工作过。当时我们都是单身汉，招待所住的房间也就隔了两扇门。他毕业于南京的农业大学，二十世纪八十年代初体制改革时，启用了一批大学生，他被选拔为县里的农工部长。工作上他特别务实，又有魄力，因此在事业的舞台上一次次获得拓展——不几年他被派往邻县做了县委书记,再后来做了某省辖市的副市长和省里的水利厅厅长。想来那些年里他的足迹一定遍布了全省大大小小的水利工地。早两年他也退休了,多年养成的工作习惯使他成为每日行走步数总在三万步上下的运动达人。我注意到,他的微信头像是一片浩渺的水域,这片水域几乎每天都无甚悬念地"占领封面"。哦,前几名里的那个大祁是我大学里低两级的同学。因为同样爱好写诗,那时我们之间有较多的互动。他生得一表人才,不光学习好,体育运动上也是校内的名人。校足球队里他踢过前锋,也做过守门员,鱼跃而起扑抢险球的身姿,估计迷倒过不少爱球的女生。毕业后他做过教师、记者和出版社的总编辑。他还是很棒的作家,写过多部深受孩子们欢迎的长篇小说。退休后这两年他受邀去各地给中小学生演讲,忙得不亦乐乎;而他坚持长跑在我印象里已有了不少年头,多次的马拉松比赛他都拿过名次。长期的运动使他保持着良好的身材,在同龄人中显得尤为年轻;而写作也一直处于很好的状态。

透过微信运动所显示的步数,我想象着那些友人每天生活的情形——在太湖之滨经营着一家企业的建平,在车间里进进出出是免不了的。他还有个快九十岁的老父亲,他每天要跑几里地,回去给老父亲端茶送水,嘘寒问暖。住在城市东郊的保洁员陈师傅,每天骑半个小时的电动车赶到城北的社区来,要为好几栋十一层的楼道做保洁,她每天的步数在一万多是很自然的事。某种意义上她的运动是因了生存的需要。曾在一道共事过多年的老吴,以前身体一直很强壮,前两年不幸患了癌症。但手术后恢复得不错,他每天的步数总在八千上下,这是有意识地在加强体能训练。有几次我在路上碰到他,他的步履让我感受到这是一位意志的强者。哦,还有小卢,四十刚出头,两个孩子的母亲。自己搞了个文化公司,在做一些文创项目。前不久她邀我们去栖霞山上,由她编创的一部声音漫游剧,让来栖霞看红枫的游客,与她剧中穿越而来的"李香君""侯方域"不期而遇。她的运动步数记录着她创业的风风雨雨。

我在想,我们每个人从出生的那天起,也就别无选择地与脚下的这片土地产生了关联。行走或者叫做运动,是一生中每天要做的必修课。或为了生计,或为了强身,出于不同的目的,而都必须迈开双脚。步数可以一定程度地反映一个人的劳作状态。而在人的海洋里,你若认真观察那些或疾或缓的脚步,一定能感受到一种无与伦比的生命的壮观。

2023 年 11 月 24 日于南京寓所

辑二

面对生命中再大的困窘

也努力把日子

过成一种山水皆有的阔绰

在地图上回家

《你在地图上回家》，一看到这首诗的题目，不知何故，我便立刻想起了你。

我们是年轻时代便相知相交的朋友。虽不在一个城市生活，而相互间的问候却是不断的。我知道你每年春节都会回到几百公里外的乡间，去看望你的父母，和他们待上半个多月的时间。按照乡间的习俗，你总要过了正月十五元宵节，才从老家返回你工作的城市。

那些年，同你一样，我也都回老家过年。记得每年正月初一的早晨，我们一准要通个电话，相互拜年。后来有了手机，改用短信互致祝福。再后来是微信，你拍米高堂二老的合影与我分享。

你和我同龄，但福气比我好很多。我母亲走得较早，父亲要晚些，但也都去了不少年。而你的父母健健康康地双双活到了九十开外。前几年我写关于你的文章，用特别羡慕的口吻，说到了你双亲的高寿，还说到你们家福星高照的四世同堂。

我还知道，二十世纪九十年代初，私家车刚刚兴起那会儿，你就买了一辆车学习驾驶，从此每年有好几次自驾回乡探望父母。印象中你曾写过一篇《回家》，讲早年春运时挤长途所经历的种种困窘。自己有了车，你带着大包小包，一路欢歌地早早来到爹娘身边，和他们一块儿放炮仗，一道忙年夜饭……

不久前的一天，我和你通话，方才得知，就在去年和前年，两位老人已先后离去——令尊得年九十六，长令尊三岁的令堂则活到了期颐之年。电话中你说，那个家没有了，以后要回去，也就是清明扫墓了。你讲话的语调低沉了下来。

是的，父母没了，原来意义上的那个家也就不复存在了。当然，我们还是要回去的，只是这个"回去"，变成了如那位诗人所说的，我们只能"在地图上回家"。那是一种精神的返乡，所有关于父母和我们之间发生的过往，都将在记忆深处一次次地复活和再现。只要我们还在这个世界上，给了我们生命的那两个人就一定还会住在我们心里。你说是吗，我的老友！

2021 年 12 月 29 日夜于盱眙天泉湖畔

那一年的春天，已是七十五岁的父亲领着我们几个在异乡长大的兄弟姐妹，第一次回到他的出生地——江西上饶所辖的广丰县枧底乡——他的童年和少年时代是在那儿度过的。从上饶城里陪同我们一道返乡的大表叔指着村里的一片农田对我说，你爸爸小时候读书就很用功，经常是一早天刚亮就跑到这没人的田边来念书、背书。高中是到广丰县三岩中学读的，平时住校，寒暑假回来，也都有晨起跑到周边田野上读书的习惯。他喜欢大声地背诵英语单词，村里的农人听不懂，讲他是"癫子"，一早起来就胡言乱语的。可正是凭着这股"痴劲"，你爸爸考上了设在省城的南昌大学，时间是一九四六年的夏天。

关于父亲早年求学和之后工作阶段的履历，他并没有很正式地同我谈过，只是在"文革"中，他一次次地写"交代材料"，那时候我已经读初中了，他认为我的文字尚可，便口述让我记录，并整理相关材料,这就使得几兄妹里我对父亲的过往了解得相对多一些。

父亲读完南昌大学后居然又"再下一城",考上了在南京的中央大学(南京大学的前身),所学专业是飞机发动机。毕业后父亲被派到了彼时还较落后的苏北行署所在地扬州(当时的江苏省分为苏南行署和苏北行署),具体单位是苏北行署农林科,做技术员工作。大约到了 1952 年,父亲被抽调,参与筹建当时扬州的第一所大学——苏北农学院,并让他担任新成立的农业机械系的系主任。被安排在这个专业里领头,父亲认为得益于他在中央大学的学习。虽然飞机与农业机械分属两个行当,但发动机的原理却是相通的。记得在我成年后,父亲有一次同我开玩笑说,没能上得了蓝天,却一头扎到了泥土里,和拖拉机、农业机械、植保机械打了一辈子的交道。

我出生于父亲创业不久后的 1954 年,在我很小的记忆里,就有父亲几乎每晚在灯下伏案看书的身影。家里的一面墙上总挂着他教学用的挂图。有一块用几根木条支起的约一米长、半米多宽的五合板,是他备课时贴一些稍小一点儿的图纸用的。上端两角用图钉按着,不时地会做一些调换。他备课十分认真,喜欢抑扬顿挫地讲出声来,仿佛面对课堂里的一众学生。但父亲的普通话说得很蹩脚,始终有改不掉的浓浓乡音。父亲工作起来不要命似的,给自己排的课一直都很满。他患胃病多年,胃经常泛酸,因此装着讲义的包里常年备着一只铝制的小盒子,里面放几块苏打饼干。碰到胃酸受不了时,就塞两片到嘴里抵挡一下。

"文革"开始后不久,父亲因为出身的问题而遭到了打击。但所有这些遭遇似乎未能改变他或许在青少年时代便建立起的一种对读书、学习和获取新知识的坚定信念。他的性格里有很顽强的韧性，这使得他经得起摔打和磨难。后来，他应召参与了由江苏省农科所等三个单位相关专业人员组成的编写小组，负责编撰后来由农业出版社出版的共计八个分册的《植物保护手册》。父亲承担其中的《植保机械》分册，这本书有近四十万字，是对当时国内普遍应用的各类植保器械及其动力配套机的集中展示。为写这部书，父亲花了近两年的时间，跑了全国大部分省市的数十家科研单位和生产厂家，收集了彼时植保器械的最新资料。这册书出版后受到广大农村用户和各使用单位的广泛欢迎。

不光教学、著书，父亲还主持过多项省部级的科研项目，设计出了一批受到各地农村或农场欢迎的农业机械，诸如稻麦豆多用脱粒机、沤田拖拉机、手推收割机、育苗制钵机等。他主持设计的一种少(免)耕全自动营养钵移植机，被称作是"我国种植机械领域的一项重大突破，填补了国内外的空白"，获得了两项国家专利和世界优秀专利，获得农业部、国家科委等颁发的科学技术进步奖和江苏省科技成果金质奖。

作为享受国务院政府特殊津贴的教授，父亲在七十岁退休以后，仍然整日埋首于书桌，在七十二岁那年完成了他的五十万字的《植保机械学》，并由机械工业出版社出版；更令其同行为之惊叹的是，八十四岁那年，他还给这个世界捧出了一部砖头般厚重的大书：七十一万字的《植保机械理论与设计》(吉林人民出版社，2002年7月版)。时间跨度达二十五年的"植保机械三部曲"，凝聚着父亲大量的心血，是他一生中最重要的学术成果。

在我个人的成长历程里，最不能忘却的是那一年他以父亲的威严"逼"着我考大学。1972 年底我高中毕业后进了一家工厂做学徒，辛辛苦苦干了几年，刚刚满师。书本已扔得太久，对于恢复高考的消息我一点儿不感兴趣。可父亲却认定了年轻人必须读书这条死理。那些日子，他在我耳边不停地唠叨，说书读到你肚子里，别人是拿不走的，将来总归有用。拗不过他的"软硬兼施"，我在剩下不多的时间里"临阵磨枪"，总算没有拂了他的一片美意。如今想来，当初若非父亲那般坚持，我必然也就与大学失之交臂了，那我的人生无疑是另外一种情形。

父亲于九十二岁那年离世，在学校为他举行的追悼会上，我含着泪水表达了对父亲一生刻苦奋斗的敬意。读书—教书—写书，这六个字基本构成了父亲简单、平实而又丰富的一生。他至死没能给我们留下什么财富，但他身上那种锲而不舍的治学精神，令我终身受益。

2022 年 3 月 16 日于盱眙天泉湖畔

老了的母亲依旧美丽

新近，一本妇女杂志以"记住母亲的美"为题，向读者征集母亲年轻时候的照片。这个创意真是充满了一种温暖的情调。我也忍不住翻看了早些年特意从老家搜罗来的母亲的一些老照片。

我在家中排行老三，母亲生我的时候已三十三岁了。有一幅母亲抱着我在照相馆拍的，照片的背面留有我五个月大的字样。字是母亲写上去的，尽管字迹已经模糊，但依稀可见那分娟秀。照片上母亲留着二十世纪五十年代流行的齐耳短发，穿着一身列宁装，胸前佩一枚校徽。那时候她在苏北唯一的那所大学里做图书馆管理员。还有一幅我印象较深的，是在一个夏天，母亲穿一条裙子，打着一把挡太阳的伞，背景是我们住的教职工新村靠着小山坡的那块空地。

除了几张用于工作证上的单人照片，母亲单独拍摄的照片并不多。保留下来的基本是全家福或与父亲和其他亲人的合影。

这其实也传递出母亲一生中的基本性格,她不强调自己,更在意的是一种家庭整体的概念。

母亲离开我已二十多年,如今时常会想起的,是她最后日子里的几个镜头——那一年的五一劳动节,我们大学同学搞了一次纪念入学二十周年的聚会活动,我也回校参加了。那天晚上,一大批同学吃了饭在一块儿唱歌,唱完歌我回到父母那儿住。天气比较热,我洗了澡,赤着膊坐在客厅里。母亲进入晚年后,牙齿已基本脱落,一顿饭要吃好几个钟头。她一边吃一边同我聊天,东拉西扯地,甚至说到了我少时的一些事。那时母亲在一所农村中学教英语,有时会带我到她那儿住一段时间。平时吃饭基本是在学校食堂,晚上肚子饿了,母亲有几次在宿舍里用煤油炉下面条给我吃。母亲说到了好些往事,还包括一些很生动的细节。但谁能料到,这便是我们母子此生的最后一次长谈。

之后没几天,母亲重重地摔了一跤。待我从省城赶回时,她已住进了医院。我在病房陪了她几天,她虽然脑子还清楚,但已不太讲话。令我感到惊奇的是,她胞妹专程从杭州来看她,她从病床上坐起,说她们姐妹俩小时候的事,讲到抗日战争逃难时的那些经历。后来两个人在病房里一块儿哼唱梅兰芳的《贵妃醉酒》。母亲唱得很投入,我注意看她时,发现她脸都红了,现出几分孩子才有的羞涩。

姨妈走后,母亲便逐渐进入一种弥留状态。四天后的一个凌晨,母亲安然辞世。而始终刻在我脑海里的,是母亲倚靠在病床上哼唱《贵妃醉酒》时的神情,那张脸上当时确有一片红云飘过。

2022 年 2 月 24 日于盱眙天泉湖畔

全面放开生三胎，这几天好像都在热议这项新的国策。不少公众号都发了这方面的文章，探讨接下来可能出现的态势。可惜岁月这张光盘倒不回去，否则真想去采访一下我们的父辈，看看那时候他们是怎么养育三胎、四胎，甚至五胎的。

我的母亲就是这样一个饱受其累的母亲。她前后生过七个孩子，有两个生在一九四九年之前，受医疗条件的限制，都只活到几岁便夭折了。得以顺利成长的五个，都是一九四九年之后出生的。其中我的大姐十五岁以前一直在江西老家跟随祖母和叔叔一块儿生活。二姐、我、弟弟和妹妹则因为父母工作的关系全部出生在扬州。有意思的是，我们这四个有一点儿接踵而至的味道。母亲在不到六年的时间里，将我们姐弟四个陆续带到人世。二姐和我隔了不到十五个月，我与弟弟、弟弟与妹妹之间，间隔期也都只有两年。用现在的眼光看，这样的生育周期，对一个女人而言,简直近乎残忍了。据说母亲在二十世纪五十年代末期曾因孩子生得多而受到过政府层面的表彰,但这张奖状的背后,我们的母亲委实付出了太多。

我们姐弟四个年龄很接近,所以我们的童年和少年时代几乎就是一支小分队的活动模式。在我们中间发生过好多如今忆起仍觉趣味不减的事儿,不妨挑几桩说说。

"大跃进"那两年,我们住的教职工新村也办起了食堂,很多人家都不开伙了,早晚去食堂里买稀饭、馒头。姐姐和我,一同拿一个大钢精锅,一人提一边的"耳朵";弟弟还不到三岁,也已经会跑了,跟在我们后面。大多情况下我们都能较好地完成打饭的任务。但有一回出了洋相。由于两个人的步伐不够一致,钢精锅歪到了一边,稀饭哗的一下倒了出来,我们两个当时都吓哭了。还好跟在后面的一位邻家阿姨帮助解了围,带我们去食堂重新买了饭。

还有一回,家里没有大人在,我们几个"小萝卜头"饶有兴致地玩起了"娃娃家"游戏。把床底下药老鼠的一包"六六粉"当成了平时祖父给我们吃的焦面,找来小碗小碟,兑上水,要给抱在手上的布娃娃吃。无巧不成书的是,正好祖父从外面回来了,发现了这一幕,他大惊失色,问了姐姐,又转而问我,"你们吃了没有?"祖父的神情一反常态的恐惧,我们不知发生了什么,吓得只知道哭。祖父随即找来隔壁的大妈帮忙,一手一个抱我们到附近的医院,给我们实施灌肠挂水,前后忙了好几个小时。最后当然弄清楚了,不过是虚惊一场。

后来新村里盖两层的楼房,我们也得到消息等那栋楼盖好了,我们家就可以从老平房搬入新楼了。在盖楼的那段时间,我们经常跑到工地上去玩。建房工人搭了脚手架,上面铺了用竹片做的踏板,人走上去有点晃晃悠悠的。有一次我们几个在上面东张西望地玩得正开心,突然听到熟悉的自行车铃声,原来是父亲下班回来了,我们都吓得要死,赶紧从上面往下跑。妹妹太小,在踏板上跌倒了。回家后,二姐和我作为领头的,受到重责,被父亲用量布的尺子狠狠打了手掌心,还被罚站了好一会儿。

有一年,学校组织我们看了一场《江姐》的戏,看完后回到家里,我们兴奋得还沉浸在剧情里,依葫芦画瓢地在家里摆开了场子。二姐自告奋勇演"江姐",让我做"华为",叫弟弟当"甫志高"。弟弟虽小,但知道"甫志高"是叛徒,不肯当;二姐只好把这个角色扔给了我,我也老大不高兴。二姐举着祖父为我们制作的木头枪,对着我乒乒乓乓叫唤了一通,我却不以为然地傻站着。二姐发火了:江姐都开枪了,你这个叛徒怎么还不倒下?!

记得搬入新家后,门前有一块空地,祖父精心打理后,在上面种了花生和山芋。平日里,浇水拔草的事儿都是祖父一个人忙,待到了收成的时候,我们几个都来了,一条边地排开,跟在祖父后面捡拾地里被刨出的山芋和花生。再集中起来用篮子装了,拎到家门口铺开来晾晒。后来祖父走了,我们也长大了,有十几岁了,家里的好多事儿,姐弟几个也都能相互搭把手"抬"起来干。进入腊月,我们会去菜场买来大杆子的青菜和雪里蕻,还有萝卜。先洗净晾干,而后用粗盐进行腌制。腌菜的过程中,有的负责撒盐、揉搓,有的穿上干净的雨靴,将揉搓后的萝卜或大菜放入缸中踩踏,几个人有说有笑地忙得不亦乐乎。

四个娃儿一台戏，我们姐弟之间的感情正是在这样共同玩耍、调皮和一道面对各种风雨的日积月累里逐步建立与巩固的。感谢父母，让我们拥有了今生今世这份血浓于水的手足情缘。

2021 年 6 月 3 日于盱眙天泉湖畔

今晨在朋友圈读到了这样的诗：天冷了/叶子黄了/草尖上也结霜了/恰好回故乡/温一壶老酒/初雪就到了//……一地的菊花被风吹残/总发现老去的事物/还在心底悱恻缠绵。于是，一些老旧的景物便也就跟着这样的句子在心底晃荡起来。

一

深秋的这个时候，山芋开始收成了。

祖父在老家的乡下是种过田的。我们童年时生活的苏农一村，虽然是农学院的教职工住地，但二十世纪五六十年代由于房子造得不多，还是有些空地的。闲不住的祖父就把家门口不远的那块地，一点点刨松，清理掉土里的瓦砾砖屑，而后跟附近的农人讨来点山芋苗，栽种在他打理出的那片田亩里。山芋生长的过程,也就是祖父时常弯腰伏背侍弄它们的过程,浇水呀,拔草呀,有时候还得跑来把啄叶子的鸡赶走。

这些过程在我们几个小孩子的眼里当然都可以忽略不计的,我们关注的是祖父最后把山芋藤一点点拉了,用他平时松地的那把带齿的锄头,小心翼翼地从土里刨出大大小小的山芋来。我们也跟屁虫似的尾随着他用手在田里扒,每当发现一个,就会喜不可抑地叫出声来。

祖父把刨出来的山芋摊晒在门前,也会用篮子分装一些送给楼上楼下的邻居。晒了几次太阳的山芋,入冬后吃会更甜。山芋的吃法有几种:放在钢精锅里隔水蒸;或切段和稀饭一道煮;还可以切成丝,放些蒜叶用油炒一炒,是很不错的下饭菜。蒸熟了又一次吃不完的山芋,晚上睡觉前封了炉门,祖父在蜂窝煤的上面放一张报纸,把切开的山芋片平铺在上面,利用炉火的余温,将山芋烤得平添一种焦黄的甜香。一早我们还正睡得沉呢,鼻子里已嗅到了烤山芋的香味。祖父用他自创的美食让我们几个馋虫赶紧起床。

到了二十世纪六十年代中后期,父亲被迫在停放拖拉机的机库里劳动。我和弟弟去那儿探视,父亲把劳动时发放的熟山芋,省下一些,攒在一起用纸包好,见面时趁人不备,偷偷塞到我们手里。

几十年了,我还一直喜欢吃点山芋,这大约同少时所经历的生活有关。

二

　　离过年不到一个月了,妹妹一早给我发来微信,说和往年一样,给你用快递寄了一只老鹅一箱包子去。谢谢老妹知我,这都是我喜爱的家乡味道,一辈子都吃不厌的东西呀!

　　还有像百年老店大麒麟阁的小麻球、大京果,也都是少时记忆里无法抹去的美味。记得若干年前,有一次去安庆出差,在一条老街上,很意外地从一家食品店的老式玻璃罐里发现有小麻球卖,称了半斤来吃,口味和家乡的几乎一样,简直开心得要命,感觉又回到了小时候过年的那几天。

　　我对扬州的干丝也有特别好的印象,无论是烫还是煮,都做得很地道。这里面最要紧的,我以为还是干丝本身,质地过硬,能吃得出豆子的纯正。因此在好多地方的饭店里,菜单上只要看到干丝两个字,我都会控制不住地点这道菜,但十次有九次让我失望,原因是怎么也吃不出扬州干丝那种特有的滋味来。可我又不太容易记取教训,等到下一次再进饭馆,还会程序设定似的重犯上次的错误。

　　我还写过早先老共和春的饺面,说面怎样的好,那里面的小馄饨又是怎样的真材实料。最让人稀罕的是面汤里的虾籽酱油,面吃完了,那亮晶晶的虾籽还在碗底有不少哩。有一个也在南京生活了好些年的扬州老乡,他是真正的美食家,说起扬州菜来那真的是头头是道。他每天总在家里下一碗面条款待自己,而面里放的虾籽酱油都是固定在扬州一家酱园店里买的,用完了就开车

109

回去再提一壶来。这个习惯据说坚持了多年,一直雷打不动。

我们每每说到家乡。不外乎是山水景物、美食小吃,讲山水固然颇见情怀,但搁在普通百姓身上,多少有附庸风雅之嫌;更切实际的,恐怕还在美食小吃上。

记不得听谁讲过一个笑话,说你要想拉一个人下水,也用不着什么千金万银,只需找几样"吾乡之美食",拉他去少时喝酒的地方搞他两壶,这事十有八九也就成了。

乡情乡味啊,有时候仿若点穴一指禅。

三

腊月廿五的晚上,和妻子一道把油烟机上的过滤网拆装换新,将灶台、厨房墙壁等处做了一番彻底洗涤,这也是忙年里的一项内容。我们做得很认真,当然也就耗时较多。

擦洗的过程中,眼前突然就有个身影在晃动。时光一下回到了五十年前。也是在过年前夕的某一个晚上,父亲在门外的炉子上炒花生。那是一栋建于二十世纪六十年代的教师宿舍楼,比较简陋的那种。平时煤炉是放在家里的,那几天炉子会特别忙,诸如炒花生、蒸包子什么的,干脆就将煤炉拎到门口的走廊上来,便于添煤基、掏煤灰。花生、蚕豆都是带壳炒的,先要设法去弄点黄沙来,放在一只铁锅里,让沙慢慢变热。蜂窝煤刚换了一块新的,自身的温度还没上来,火焰的到来也是要一个过程的。父亲坐在一张凳子上,两只手臂都戴了护袖。他用一只木铲先是慢慢翻炒沙,感觉温度差不多了,才把花生放进沙里。接下来手就不能停了,要不间断地翻炒。总要半个小时或更久,连壳花生才能炒熟炒脆,剥开来应当是有一点儿微微的黄,那样吃在嘴里才会觉着香。那时候过年也没太多的东西吃,炒花生对我们这批半大的孩子基本是敞开供应的,所以父亲炒花生的工作就显得比较艰巨了。一锅一般只能炒一两斤,一晚上必须炒到四五锅方能结束。我记得很清楚的是,屋外很冷的夜色里,父亲戴的帽子和穿的棉衣上都落了一层浅浅的灰。他低着头,弯着腰,一丝不苟地翻炒,那个身影一直就在我的脑海里。我们家在那栋楼里住了有二十多年,每一年过年前的炒花生,是父亲的一个保留节目。

2022 年 1 月 29 日凌晨于盱眙天泉湖畔

廉叔

廉叔是三个表叔里年龄最小的，只比我大了九岁。他一九六三年从江西老家考到了南京的华东水利学院（后来改为河海大学）读书，当时他的舅舅也就是我的祖父还在。放寒假他从南京来扬州看望他的舅舅和表哥（即我的父亲），那是我第一次见到他。十八九岁的大学生，戴着个校徽，斯斯文文的，父亲让我们姐弟几个叫他廉叔。廉，是他名字里的最后一个字，叫廉叔显得很亲密。那时我九岁，上小学二年级，感觉叔叔应该年纪更大一些，而他那么年轻，叫大哥还差不多，所以不太叫得出口。

廉叔大学毕业后被分配至云南红河州蒙自县，在那儿待了有十多年，参与了绿水河和鲁布格两座水电站的建设。这个期间，父亲托人在扬州帮他介绍了个对象，那人长得挺漂亮，在一所中学里工作。二十世纪七十年代初，那时的人都很传统，相互看了照片，觉得顺眼、满意，于是就通信，谈了。廉叔当然也时常会给父亲写信,除了问候、讲讲他的工作,也会说到对象的事,会顺便问问她家里的情况。我那时已经读高二了,父亲信任我,一些亲属之间的写信和复信,基本都交给我。信当然是以父亲的口吻来写,写好了交他看一遍,他略作修改后自己去誊清,相当于我替他拟了个草稿。后来干脆就由我代笔了,父亲做了"甩手掌柜"。廉叔的这个对象经过一段时间的通信,对廉叔是满意的;但她家里却不太认可,认为天远地远的,将来调不回来怎么办?这个节骨眼上,父亲几次上门做工作,给人家下保证,说一定想法子尽快调回来云云。当然,重要的还是彼此的缘分吧,廉叔的初恋,也就是第一个谈的对象,很快就做了我的表婶。而且后来的岁月做了足够的证明,他们真的是"执子之手,与子偕老",几十年过得都很美满。

直到廉叔的女儿长到七岁,他才从云南调回扬州来,被安排在市属供电部门做设计、规划工作。三十五岁进来的,一直到退休,也没想过挪窝。业务上他很过硬,统领一个技术部门可谓井井有条。几任领导都对他很放心,以至退休后又留用了整整十年,干到七十岁才让他回家。可以说,年轻时的那种斯文,做事情稳稳当当,待人又特别友善,这种良好的个性风格他贯穿始终。

廉叔和我们家也都一直保持着较紧密的联系。他读大学不几年,舅舅便过世了,自他从云南调回后,每年清明都会去给舅舅上坟。对大表哥(我的父亲)他也一直很尊敬,每年春节都会和表婶一块儿来给他拜年。后来几年父亲身体不好,廉叔总抽出时间过来看他。这一晃,父亲已走了十二年,每年春天里,廉叔都会捧一束白菊花去看他表哥,跟他唠一些陈年旧事,当然也会说一点儿孩子们怎样的出息——廉叔的外孙女已于去年考上了奖学金优厚的美国哥伦比亚大学。

廉叔的身体还不错，只是听力稍微差了点，所以平时我一般在微信上和他联系。他知道我喜欢写文章，每每看到一些好文章，都会分享给我。谢谢他总想着我，由衷地祝福他健康长寿。

2022年3月30日凌晨于盱眙天泉湖畔

会木工的弟弟

弟弟小时候一直跟祖父睡。祖父 1967 年去世时,弟弟十一岁。后来的这些年,每年清明去上坟,在祖父的墓碑前,弟弟总会这么讲:"公公(我们叫祖父为公公)对我最好。"

记忆里祖父一直都很勤快,喜欢修修补补,制作一些家用的物件。比如刨萝卜丝的刨子、量米的竹筒、择菜时坐的小机凳、夏天纳凉的小竹床等。现在回忆起来,在祖父做这些活计时,弟弟会比我更有兴趣地在一旁观看,甚至会去掺和,做一点儿递递拿拿的事。

后来到了上中学时,我们兄弟俩竟也会在家里捣鼓一些类似于书架这样的较为简单的木质家具了。我的同学中有人知道了我们会这一手,就邀请我们兄弟去他们家里做木工活。我们也没想到推辞,很爽快地就应承了下来。这种情况下,通常是弟弟挑大梁,我给他当下手。划线、凿孔、做榫头这类的技术活是弟弟来,把木料锯成几段,或刨一刨,技术含量不高的粗活我可以胜任。那几年上学基本是"混",学校忙着组织学工学农学军,对读书基本没有要求。这才有了读书郎背着工具箱到同学家去打家具的事儿发生。但那时候干活有点学雷锋性质,纯粹是义务,不拿人家一分钱。同学的家长看我们一脸的汗水,干得实诚,会买些烧饼油条,下碗面条,甚至做饭弄菜给我们吃。当然我们也没有客气,似乎觉得自己蛮有用了,凭力气也能在外面吃上饭了。

再大一些,大约在他十七八岁的时候,有一年夏天,弟弟一个人去了一趟江西。我们有个叔叔在弋阳县的垦殖场做工人,山里木料多,砍伐也方便。弟弟在那儿住了一个多月,自己动手做了包括三门橱、大床在内的全套家具,然后通过铁路托运回来。回转时他人都瘦了一圈,但精气神却很足,眼光里有几分自强自立的成就感。

平心而论,弟弟的木工手艺并没跟谁正儿八经地学过,我私下琢磨,这与祖父当年的爱好多少有一定关系,耳濡目染的,慢慢也就有了点无师自通的意思了。

会做菜的妹妹

我记事以后母亲一直在外地教书,后来虽调回我们生活的城市,但还是每天往学校跑。印象里母亲不太会做家务,饭大约是能烧的,但做菜的情况似乎不多。七十年代往后,我们几兄妹也都渐渐长大,或下乡或进厂,生活上基本能独当一面了。至少每个人都学会了做饭和能烧出几道家常菜了。

妹妹小我四岁,出生在国家困难时期,没什么吃的,身体因此有先天的不足。上中学时参加运动会,长跑中被人撞倒,造成脚部骨折;又碰上庸医,把骨接反,多日后发现,扯开重接,可以想象吃了怎样的苦头。她在家中虽是老小,却一点儿不娇,什么样的苦也都能对付。自二姐出嫁后,家里烧烧煮煮的事儿她便顶了上来。我和弟弟做了几年工人后复又考学读书,妹妹也就息了读大学的念头,埋下身来在一个街道厂里干三班倒的工作。下了夜班回到家,睡不了几个小时便起来给一家人忙饭弄菜。

妹妹婚后有好几年住在较逼仄的医院职工宿舍里,但她却有把生活打理得诗一样的良好心态。常会做一些可口的小菜,把父母亲和我们一道叫去吃饭。在医院工作的妹夫平日喜欢喝两杯,他娶了我妹妹可算是得了一辈子口福。妹妹做的清炒虾仁、糖醋排骨和具有故乡特点的烧杂烩,都是可以同大饭店的厨师比上一比的。妹妹心细手巧,虾仁是她自己买回活虾一只只手剥的;糖醋排骨的制作她也有自己的独门绝技,每次都会做出一大盆,而被大家吃得一块不剩。

这些年,大家都有了第三代,姐妹们相聚的机会少了。我时常会在吃饭时想起妹妹来,想起那些年她在生活上对我的照料,以及给我们做过的那些个特色菜肴。

2022 年 11 月 4 日于盱眙天泉湖畔

一

岁岁清明，今又清明。

清明前夕，我们兄妹几个从各处聚拢来，又站到了父母的墓前。每年的祭品也都是二姐早早就备好的。母亲生前爱吃蛋糕，至晚年牙齿基本脱落，蛋糕也用开水泡来吃，因此看母亲，蛋糕是必带的。父亲一直爱喝两杯，最后几年因脑梗，医嘱坚决禁酒，晚饭时二姐常以橘子汁代酒骗他。如今我们给他斟了满满一杯，可放开喝了。每人鞠躬，敬三炷香。一只纸杯里放了些米，十几炷香插进去，风中不倒。轻烟飘散，如我们一直不断的思念。这几年文明祭扫，墓园不让烧纸钱了，也就在入园处买一篮菊花奉上，想来母亲会拿去放在她现在的窗前。母亲是爱花的。

母亲走了已二十三年，父亲晚她十二年。离恸与哀伤在我们心里已然慢慢减淡，更多的是记忆中一些难忘的画面于此刻重又打开。在他们的墓前，我们会谈母亲最后的那些日子，父亲离世前心犹不甘的最后一颗泪珠。二姐的记性特别好，若干琐碎的细节她全能记得。她每一次讲一遍，我们也就感觉到父母又至面前，完全是活生生的真人。我们还愿意为母亲擦洗她病榻之上依旧微笑的面孔，还愿意推着轮椅带父亲去古城的老街上兜风。可惜上天不给机会了。

二

祭拜了父母，几十米之遥，是叔父的墓。他终身未娶，在其哥嫂处终老。

还记得我们少年时，他每年春节从老家背来请人打制的大米果，用一只大旅行袋装着，总有几十斤，火车要坐上几天，想象他扛着旅行袋爬上车厢时的样子，如今我们都会再叫他几声叔叔。

他年轻时曾在江西的一个林场做工，还领着我当时只有十几岁的弟弟去山里伐木。那儿的木材便宜，弟弟聪明，无师自通地还会些木工手艺，在那儿待了一个多月，做了不少家具托运回来。弟弟后来同叔父开玩笑，模仿他讲话的口气，用方言念一首小诗，诗的开头是：江西一座深山的早晨，林中的鸟儿叫成了一条声，把多少人的好梦都给搅了………

老了后叔父馋酒，时常跑到弟弟那儿要酒喝。他的这点嗜好自然不会忘了，酒，我们每次都给他拎来。也不知他寂寞时，会否去不远处他哥嫂那儿串串门？据说叔父年少时不肯读书，长他十岁的哥哥狠狠骂过他不止一次。现在，哥哥一定和颜悦色了。

三

祖父是1967年死的，正值"文革"。当时的墓碑是一块小小的水泥碑，后来我们几个孙辈为他重新立了碑。早些年我和弟弟还帮他在父母的旁边买了一块地，想给祖父改善一下环境搬个家。后来问了人，说是过了百岁人就转世投胎了，墓穴不宜再动了。尽管对此说法存疑，但最终还是决定不扰祖父了。只是每次扫墓我们要多跑好些路。

祖父过世也就在清明前两天，距今已五十四年了，每年我们都会来看他。

祖父是个好人，应当能算好好先生吧。少时读过私塾，成年后做生意，开过药铺、糖坊，但他不善聚财，有点钱喜欢做善事接济乡人。他的一些族里长辈因此常常奚落他，讲他来这世上白混了。应当是同这种评价有关，临近解放的那几年，他开始突击买地，边边角角比较差的他也要，拼拼凑凑总算置下了十六亩地。好，这下让他撞上了大运。土改来了，逃也逃不掉了，地主的帽子就此戴在了头上。

1952年他从老家来到长子（我父亲）身边。死前的这十几年，他的主要精力就放在我们几个陆续出生的孙儿、孙女身上。所以某种意义上，祖父在我们的眼里是这世上最亲的人。我先前的文

120

字里，有过不少记录祖父的片段。祖父走的那年，妹妹还不到十岁，她记得的事情不多，但有一件她一直会讲，说跟着我们在马路上帮祖父捡过别人扔掉的香烟头。祖父节俭，舍不得买烟，捡来的烟头他轻轻揉碎了，捺在他的水烟筒上抽。他还一直交代我们别同父亲讲，他是怕给在学校已做了讲师的儿子丢脸。

因此每次在祖父的坟上，除了给他敬酒，我们一定还会点上一支好烟。

四

从十几岁开始便走通向墓园的路，先是祖父，而后母亲，再父亲、叔父。每过一个清明，也就意味着我们长了一岁，老了一年，及至今日，兄妹几个都往古稀去了。腿迈不动了，二姐的腰背似也有点弯了。相互看看，不免有些感伤。生命真的就是一颗流星，给你运行让你发光的时间真的没有太多。许许多多的努力、辛劳和创造，最后都是带不走的。所有物质的东西都不复存在，一代代都会有新的将先前的旧取代。

然而，感叹过后还得回到当下。日子无论还剩多久，每天你都得快快乐乐地往下过。找一点儿自己喜欢的事儿去做，哪怕这处可爱的菜园子以后不再属于你，但今天你的手脚还能伸展，你就给花浇水，给树剪枝，踩着清明前后的雨水，往地里撒上一定会长出希望来的种子。

扫完墓我要走了。二姐提了一袋她连夜赶包出来的白米粽给我,还到熏烧摊上剁了点老鹅,真空包装好让我带上。二姐的心意全在上面了,我懂的。弟弟拉着我的手,一再地说,聚一次就少一次啊,我们,一定常回来看看!我是含着泪上车的。

2021 年 4 月 1 日于盱眙天泉湖畔

早几年读冯亦同先生写天泉小镇和铁山寺的一篇文章,又看到航空公司一个朋友发的微信小视频,知道了距南京一百多公里的盱眙天泉湖畔,建了批适合退休老人居住的公寓房,我和太太就来看了。这里的景色和空气好到让我们没一点儿犹豫,第一次看房就把合同给签了,定金也付了。

太太挑了户一楼的,房子面积不算大,但足够两人居住了。关键是朝南有一个五六十平米的小院子,有一块地,太太一直就想做个菜农、花农,这是她从小就有的愿望。她也并非农民的孩子,童年和少年时生长的环境是一个部属企业的家属区,驻地紧靠着运河,每天上学放学都要经过大片的菜地。她常常会在田间逗留,扑蝴蝶,逮蛐蛐,看农人在秧田里捉泥鳅⋯⋯这样的情景令她在以后的岁月里始终对土地和农作物有一种特殊的迷恋。

自从有了这个距天泉湖不远的小院子,有了这块地,太太的种植梦、田园梦开始一步一步地变成了现实。去年冬天,地里的青菜、萝卜都长得特别好。青菜收回来,放点豆腐或百叶一起烧,味道绝对。萝卜切成丝丝,再搁点肉丝炒;有时也用糖醋腌渍,作为下酒菜,极爽口。其实是再普通不过的蔬菜,只因是自己亲手种的,并且一天天看着它长大,所以吃来感受有点两样。到了今年,太太的蓝图画得更大了。离清明还有半个月呢,她就去镇上赶集,买了七八种蔬菜的种子,苋菜、茼蒿、丝瓜、扁豆、红椒、胡萝卜、小茴香,甚至连草莓、羊角蜜瓜都想试它一把。前几日请附近的农民砍来青竹竿,搭好了供丝瓜瓠子爬藤用的架子,摆开了大干一场的架势。院子里的摆布也费了一番心思,从南京安德门花卉市场几次用车驮来了好些盆花花草草,还让我去苏州乡下朋友处淘来一只大缸,半埋在地里,养了些十分活劲的野生小鲫鱼。青灰色的院墙外,由西山弄来的两颗枇杷树苗,已在乍暖还寒的春风里翩翩起舞。

　　太太所打造的这方已然日益生动的舞台,最积极的响应者和追随者是我们三岁零四个月的小外孙,他似乎对乡村和田野也有一种天生的热爱。每到周末,他妈妈驾车载他光临此处,进了门他就直奔院子。下过雨的地,泥巴粘脚,他也不管不顾地踩了进来,帮着外婆拔大蒜、掐小葱;一会儿又举着个尼龙网兜去缸里捞鱼。见外婆给花浇水,他也凑过来抢水壶,口中念念有词地嚷着"我来我来"。铁山寺附近有一片杉树林,秋冬时落下的针叶覆满了树根,我们开车去装些回来做肥料,小家伙也一马当先,跑前跑后的,在树底下干得特起劲。那天去镇上买种子,看到袋子上印着鲜艳的草莓,他一把抓过来,说,阿婆我要吃草莓;红椒种子也是他选的,说阿婆最爱吃辣椒了。

因为有了这么个院子,还因为一个跟屁虫似的拥趸,太太觉着每天的生活都更新鲜也更有些奔头了。

2021 年 3 月 24 日夜于盱眙天泉湖畔

　　弟弟走了，他生命中最后一段日子是在成都度过的。他女儿在成都生活，因此当他病情出现反复时，便选择在中国西南部最大也是最好的医院——四川大学华西医院进行治疗。

　　在弟弟治疗和较长时间的住院过程里，我以为有三个很重要的人，我该记住。我想以文字的方式表达对他们的感激。

　　第一位是何教授。我并不熟悉他，他是我在南京的好友金先生的神交——他们之间有笔墨往来。何教授是华西医院著名的肝胆胰外科专家，同时对古诗词、楹联以及新诗都有研究，而且有相当出色的实践，发表和出版过多部诗词专著。他每有新作出手都会发给金先生分享，两人常常在微信里交流。我弟弟去了成都就医，开始时挂不上相关专家的号，我请金先生给何教授打了个招呼。何教授很重视，很快推荐了对症的专家，使我弟弟进入了实质性的治疗。后来我去成都探望弟弟，特地去拜访了何教授，在他诊室看他给好几位病人诊治。何教授是重庆人,二十世纪六十年代初毕业于华西医科大学,现已八十多岁,身体非常硬朗。每周他有三天看门诊,还有两天在医科大授课。他对病人问诊十分仔细,对病情的分析丝丝入扣;接下来该怎么做,三言两语说得十分明确。在病人面前他像一位邻家大爷,一点儿不摆专家架子。一位从山东青岛来的患者,针对其脂肪肝的病症何教授嘱其一定不要吃海鲜,几句话说得特接地气,我在一边都听笑了。我弟弟的病何教授看过病历和检查报告单,对自己的爱莫能助他几次在与我的微信中表达歉疚;得知我弟弟过世的讯息后,他第一时间发来痛悼与惋惜的挽联,随后又字斟句酌,三易其稿,足见一位医者的大爱仁心和对文字的敬畏与严谨。

第二位要记住的是年轻的小王医生。我弟弟后来病情发展使得化疗无法继续,而转入华西旗下第四医院的姑息科,也就是通常所说的临终关怀。这个科的宗旨是把病人因癌症带来的痛苦尽可能降到最低,而让每一个生命获得最后的尊严。小王医生是医学博士,三十多岁,同我女儿差不多的年纪。她是我弟弟的管床医生,每天都会来病房好几趟。挂水输液,她会根据每天病情的变化做出相应调整。她了解到我弟弟是个律师,病榻之上还在准备开庭的材料,对我弟弟十分尊重也很客气,问诊时称呼他叔叔。我弟弟告诉我,到另一个病区做肠镜检查时,小王医生一直陪在身边,还几次握着他的手,让他感到一种亲人般的温暖和依靠。在我同小王医生的几次交流中,也深切感受到她的知书达理和善解人意,她对我代表弟弟提出的最后时刻想回归故里的愿望深表理解,并给出医学和救护方面的技术支撑。她所做的一切都令我深为感动。小王医生告诉我，她的家在四川凉山，巧的是，我来成都前刚刚和一个神交三十多年也是来自凉山西昌的文友见过面，这让我对她生出一份特别的亲切和好感。

还有一位是护工杨师傅。弟弟生性好强，凡事都希望自行解决，不愿劳累别人。入院后主要是她女儿负责护理，而女儿自己有两个孩子，每天往返医院的确有点吃不消，因此想给父亲找一个护工。他开始不肯，我去后做了弟弟的工作，他才勉强接受。几天下来发现这个杨师傅对病人特别体贴，很多事他都想在你前头。这个病区有五六个护工，杨师傅是班长，别的病床上有什么重活也都来找他。他不惜力，不怕苦，夜间陪在我弟弟身边，时不时地要爬起来察看插管和仪器上的数据；我离开后的几日他几乎每天都向我报告弟弟的病情。杨师傅五十刚刚出头，家在离成都不远的绵阳。有一个女儿已结婚生子。他在这所医院做护工听说已有了好几个年头。

尽管大家都尽心尽力了，但最终弟弟还是没能留住。心恸之余，想起这几位在他生命的最后时刻给过他切实帮助的人，我想说的是，我这个哥哥会一直记着你们。

2023 年 6 月 7 日凌晨于盱眙天泉湖畔

弟弟不幸先我而去了。

在不久前由扬州市律师协会为他举行的追思会上,我见到了一批四十多年前他在钟表厂做工人时的工友。他们系自发而来,其中的一位对我说,他们建有一个微信群,时有互动,说我弟弟也在这个群里。他当年从钟表厂出来后,读了书做了律师,工友们有什么事也都找过他咨询,或得到过他的帮助。我听了很感动,流着泪向他们说了感谢的话。

回到南京后,我在前些年从扬州老家带回来的一叠老照片里,找出弟弟刚进厂时拍的一张一寸大小的照片。照片的背面有我母亲当时留下的笔迹:1976 年/钟表厂/冲床组/骏。那一年弟弟正好二十岁,还满脸都是稚气。

也是在那天的追思会上,我见到了当年(我比弟弟长两岁,也早他两年进工厂)和我同期进入扬州纱厂的工友丁国荣(他后来当是做了纺工局的干部,工作上与我弟弟有交集,据说两人相处得不错)。同我一样,他也是前纺车间的保全工,只是他负责前一道工序上相关机器的维护和修理。当时我们都上"三班倒",只在交接班时能碰到,会打个招呼说几句话。丁国荣个子不高,人很机灵,年轻时生得白净。记得还有一个叫袁冬林的,身坯壮实高大,人也显得憨厚。先是同我们一样上三班倒,后被调去长日班做机器保养了。那时候拿了不多的夜餐费后,几个工友会相约好,以"抬石头"的方式去富春茶社吃早点,想来丁国荣、袁冬林等也都是参加了的。当时我们的"排长"叫杨秋林,仪征朴席人,比我们进厂早,是师傅辈的,也就三十多岁吧。人好,肯吃苦,对我们这些徒工十分关照,好些活他手把手地教。我当时还不会骑自行车,下了中班(晚上十一点以后),他不急着去宿舍睡觉,却陪着我在人不多的马路上教我骑车。

我在车间喜欢写写弄弄,后来"连指导员"(即车间的支部书记)朱礼珍(是个女同志,人瘦瘦的,平日待人挺和气;不过有时候也会很严肃,感觉女工们都有点怕她)调我去车间做了宣传员,上长日班了,负责一些对内对外的文字工作。在这个平台上,我接触的人也慢慢多了起来。印象较深的,是细纱车间一位同样搞宣传的人,叫周骏,他父母亲好像是水利学校的老师。他人长得周正,有一张样板戏里正面人物的面孔。会画画,且写得一手漂亮的美术字。当时厂里经常搞赛诗会,诗歌上墙的美化工作大都出自周郎之手。他比我小一两岁,和我蛮谈得来。工余时间我写了不少诗,累积后抄录了厚厚一本,我给诗集取名《诗鸟翔云》,封面上的美术字和一幅颇具动感的飞鸟图,便是周骏帮我精心设计的。这事快过去五十年了,不知周骏还能记否?

忆及当年,我高中毕业后,在家待分配有一年多,能分到这样一份工作,尤觉珍贵,因此什么苦啊累的活全不在话下。也觉着那个年代的工友,相互之间都挺单纯,很少听到说谁不好的话。重要的是,那时候我们都很年轻,身上像有使不完的劲。现在想想,这世上,还有什么比年轻更好的事吗?!

2023 年 6 月 4 日于盱眙天泉湖畔

小外孙来我们这儿过暑假,他外婆每天一早给他煮粥,放点食用碱在里面,颜色呈淡淡的黄,粥汤稠稠的;另外再煮两个鸡蛋,剥了壳,蘸麻酱油。吃粥时稍许来一点儿什锦菜(扬州酱菜的一种)。在我看来,这简直就是一顿美妙无比的神仙早餐。

现在的孩子基本不吃粥(或者说吃不到粥),慌急慌忙的母亲,伺候孩子洗漱后,一手拿车钥匙,一手从冰箱里给他拿一袋牛奶一个面包。睡眼惺忪的小家伙坐上车,奶才喝到一半,车到幼儿园门口了。打仗一般的清晨,从容的早餐几乎与他们无缘。

说句有点不怕寒碜的话,我们这代人不少是吃粥长大的,对粥有一种天生的好感。小时候家里烧蜂窝煤,一大锅的粥煮出来得费不少时间。想到这个场景,眼前就会出现已故去五十多年的祖父的身影。他每天都起得很早,为一大家子好几张小嘴忙早饭。吃粥,少不了小菜。也就买两根油条,祖父有本事把油条撕成好几股,而后用刀切成很短的小段,再撒上一撮细盐,端上桌来。要么是酱园店买来的一毛七一斤的辣萝卜干,有点辣,更重要的是咸头重,顶多两三块,一碗粥就下肚了。十几岁的时候,跟我母亲在她教书的那所乡村中学里小住,学校食堂的大灶烧出来的带碱的粥,盛装在一种陶制的钵头里,热腾腾的能闻到米香。冬天的早晨外面很冷,母亲领我去食堂捧着粥回来,坐在她宿舍里那张小课桌前,吃着粥,阳光透过窗户照到我脸上,感觉特别暖和。记得有一回生病发烧,母亲去镇上的商店里买了一袋肉松,让我搭着粥一块儿吃,那份美味似乎还一直留在嘴里。梁实秋先生早年曾写过一篇《粥》,讲他小时候不爱吃粥,"平素早点总是烧饼、油条、馒头、包子,非干物生噎不饱",而只有生病了才"被迫喝粥"。这一点上我跟他相反,我爱喝粥,没有人强迫我。当然这和我童年时兄弟姊妹多有关系,我们的早餐不可能有那些选项,粥能吃饱就很不错了。

我的老友金实秋先生前些年编过一本书,叫《文人品粥》,搜罗了不少作家写粥的文章。读过后知道,大部分人都是喜欢粥的。基本一致的看法是,粥可养胃,尤其是身体不适、胃口不好的时候,粥是上等的食物。现代人由于生活节奏快,粥的制作过程让许多人选择了放弃它,其实是很遗憾的。这个暑假小外孙在我们这儿待了一段时间,吃着外婆给他煮的粥,再配上麻酱油浸润的熟鸡蛋,看得出他吃得挺香,一点儿不排斥。

当然,对某种食物的喜恶,一定同他最初的接受有关。而留在一个人童年记忆里的那些东西是非常顽固的,就像我无论走到哪里,早晨醒来只想找一口粥吃。有一位在美国待了多年后来回到老家乌镇养老的木心先生,对粥更是一往情深。他说:"没有比粥更温柔的了。念予毕生流离红尘,就找不到一个似粥温柔的人。"温柔这个词给粥,确实最贴切不过。为何就不能有一个粥一般温柔的人,走近这位旷世奇才的身边呢?!真的替木心先生伤感。

2022 年 8 月 5 日于盱眙天泉湖畔

雪和孩子

那天是二十四节气里的小雪，印象中好像并没有下雪。我在朋友圈里读到了居于长沙的好友刘茁松先生的一篇即兴而就的《雪记》。短短不到两百字，我简直被他笔下的功夫惊呆了。我当时就把它转给一位晚报的总编辑看，他也为之击掌。这一刻，不妨把这篇惊呆我的文字抄录如下：

> 雪像骑单车送信上门的邮递员，递上雪片般的信件之前，有单车铃声通知，铃声就是雪粒子。雪粒子落在瓦屋上，敲敲打打，滚滚爬爬，武打一样热闹，把几个小孩子引出家门，到坪里演孙悟空。

> 雪粒子枪林弹雨之后，雪花如空降兵一样从天而降，落地化作神兵，遁形无影。直到第二天早上，身上寒气袭肤，窗外雪光射眼，打开屋门，白雪已经弹好铺天盖地的棉絮，等待

打滚滑冰的顽童了。

第一个把女人比作鲜花的被称作天才,把雪比作骑单车送信的邮递员,我想茁松兄许是第一人?出其不意的奇思妙想,就这般扑面而来,因此,接下来所有意象的出现也就合乎情理、顺理成章了。落雪了。"敲敲打打""滚滚爬爬""枪林弹雨",所有这些词语的运用,都是与另一主角的呼之欲出相呼应相匹配的。谁呢?孩子!雪的从天而降,最快乐最雀跃者莫过于孩子。

雪啊,那是孩子们的盛大节日。我突然想到了我的童年。那是六十年前了。现在似乎完全看不到那样的雪了,那真叫铺天盖地,到处是白茫茫的一片。下下停停,可以连着好多日。一到天黑,大人便不让我们出门。我们就趴在玻璃窗上看,鼻子都压扁了,除了白的反光,玻璃上也就是我们自己的一张脸。

一觉睡醒了。天亮了,雪停了,太阳出来了。最先跑到雪地里欢笑、追逐,甚至撒野的,一定是我们这批七八岁、十来岁的孩子们。堆雪人,打雪仗,手套、帽子全都扔出去了;在手上捏巴了一会儿的雪团,冷不丁地塞到玩伴的衣领里,然后幸灾乐祸地跑开,偷吃了蜜糖般地哈哈大笑……

这样的情景,几十年以后复又再现。去年冬天,四岁的小外孙来我们居住的乡间过年。那一段日子下了一场雪,雪不大,但总算积起了一些,有寸把厚吧。在河边的那片草地上,我领着他去玩雪。朝他身上扔小小的雪团,他开心地笑;然后便一次次地回赠与我,往我身上脸上扔,扔中了,便像个打了胜仗的小战士,笑得前仰后合。

雪,这上天所赐的神物,给一代代的孩子带来无穷的快乐。

雪和孩子有天然的缘分。孩子身上的那些特质——纯洁,率真,不会掩饰的童言无忌,甚至想笑就笑想哭就哭的坦坦荡荡,和那飘飘扬扬的雪花真的是如出一辙呢。

2022 年 12 月 18 日凌晨于盱眙天泉湖畔

突然间想到了"羞涩"这个词，盖因脑子里倏忽闪过两张早已逝去的面孔和有关他们的一些事——

那时候我二十岁左右，在一个纺织厂里做机修工。工作是"三班倒"，劳动强度很大。车间里机声隆隆，开始几个月，每天回到家，耳朵总是轰轰的，家里人讲话也不太听得清。那段时间我已迷上了写诗，下了夜班回去不肯睡觉，趴在桌子上吭哧吭哧地写。厂里有好几个像我这样喜欢写诗的年轻人，工会和共青团隔个把月就会组织一场赛诗会，让我们上台朗诵自己的诗。我常常是穿一身满是油污的工装，随身带的六寸小扳手有时就插在上衣口袋里，噔噔噔地爬上台去。渐渐地我们这批写诗的在全市范围内也有了点小名气，市里面的工人文化宫把相关企业有同样爱好的年轻人弄在一块儿碰头，交流写作体会，还把我们的诗稿拿去登在他们油印的活动小报上。这样的情形下，我认识了一位姓卞的老师。他是从部队转业回来的，年纪在三十岁上下。每次活动见到我们，总是笑眯眯的，话不多。除了同我们这批爱好文学经常写诗的工人接触，他还负责和爱好唱歌、跳舞的另一拨年轻人打交道。我记得碰到过好几次这样的情况：只要有年轻女性在场，卞老师讲话什么的，就显得有点不自在，脸会突然红起来。当时卞老师还是单身，据说他后来一直就单身。他的书法非常好，在部队时就开始练字了，受到过首长的表扬。他选择工人文化宫作为转业后的落脚单位，大约也是认为这样的环境可以方便他更好地练书法。我是在若干年后偶遇当时和我一块儿写诗的工友，他同我说卞老师不到五十岁就患病去世了，在书法界有很响的名声。

还想说说我的母亲。那时候她应当有七十岁了，我回故乡去看她。她个子生得矮小，人也较瘦。我曾有几次跟她玩，把她背到我的肩上，在家中的房间里兜圈子。我甚至以我女儿的口气叫她奶奶。她伏在我肩上轻声笑着，待放她下来，发现她脸上有孩子般的红云，一副很羞涩的样子。这样的情景出现过好几次。有一次是过年时一家人在一块儿吃年夜饭，我们几兄妹喝酒，她稍许喝点饮料。为了助兴，我们在晚宴接近尾声时玩起了一种"接词"游戏。一个人说出一个词或成语，词尾的那个字，下一个人用作词头往下说。母亲词汇丰富，到她那儿绝不卡壳。几圈下来，我极佩服地夸奖她。母亲浅浅一笑，没喝酒的脸忽然便红了。还有一回她腿摔了，吊着牵引躺在床上休息，我们和她一起唱老歌。她年轻时会唱京剧，我们让她来一段，于是她就有板有眼地哼唱起了《萧何月下追韩信》，站立一旁的我们几个听了直叫好。她则有几分害羞地挥挥手说，多年不唱了，词也记不清了。

此刻，我体会着"羞涩"这个词，回味着记忆里那些美好的瞬间。我觉着这样的情态实在是一幅让人陶醉的图画；或者说它更像一朵突然绽放又很快闭合的花，那份美妙真的可以在内心深处留存很久很久。

2022年12月7日凌晨于盱眙天泉湖畔

　　你告诉我说，竹墩仅剩了一家磨豆腐的，平时基本不磨了，也就快过年这一段时间，应村民之约才忙上几天。你跟老板提前打了招呼，预订了几十张豆腐皮，特地赶在年前快递给我。早几年我曾去过江南一处专门做豆腐皮的厂子参观，知道那是一个很有点技术含量的活，时间须把握得十分恰当，才能把豆浆上那层皮子不厚也不薄地挑出来。你在微信里给我交代，收到后要用塑料袋包扎好，以防漏气而致干裂。你的心很细，像少年时对待田里的庄稼，也像现在退休后一门心思地侍弄文字。

　　你还寄了一叠透着浓郁豆香的老百叶来，教我和水咸菜、大蒜叶子搁在一块儿炒，早上用它来搭粥，算得上一对绝配呢。我甚至能感受到你在竹墩有个小院子的家里吃早饭时的那份神清气爽。

　　咸甜俱佳的"龙虎斗"烧饼也是现出炉便装了包的。去年我领了不少朋友来你这儿采风,对这烧饼的赞赏是众口一词的,回去后我还专门写了篇文章夸它。谢谢你今冬又让我重温这份独特的美味。

还有两瓶酒,是"梅兰春"十几年前的一道老款,现早已不再生产了,是你从当地经销这个品牌的朋友那儿弄来的。成色尤显醇厚,开瓶酒香扑鼻,你自己不舍得喝,一直珍藏着。这份友情有多厚实,我当然明白。

我们熟识有四十年了,虽然竹墩已不再是以前意义上的一个乡了,但对于我,它有着无法取代的心理上的位置。我从大学出来后最早接触的基层便是竹墩。那儿并不完整的一条小街,和当时还很贫穷的一些农民,一些十分朴实的乡干部,都还那般鲜活地留在我的记忆里。共青团、乡文化站,年轻时工作上我们就有过交集;及至近几年,你把早先的爱好又捡起来——写小说、散文,给乡里编史话,为企业家写人物传记,因为这些我们的联系又多起来。几乎你的每一篇作品我都成了最早的读者。

人至晚年,有几个志趣相投的朋友,真的是件很快乐的事。谢谢你在过年前夕把一份实诚的暖意带给了我。

　　一进入 3 月，便有一个响亮的名字跳出来：雷锋。

　　雷锋的出生日是 12 月 8 日，去世日为 8 月 15 日。而我们总是在每年的 3 月频频提到这个名字，是因为五十八年前的 3 月 5 日《人民日报》发表了毛泽东的"向雷锋同志学习"的题词，于是后来的这一天也就成了雷锋再生的日子。

　　自我记事以来，每到 3 月 5 日都能看到大街小巷处处闪现着学雷锋做好事的身影。一些这方面突出的人物，也都在不同的时期被冠以"活雷锋"或"学雷锋的标兵"这样的称号。

　　前两天在一个微信公众号上读到我的好友、以写长江而享名的诗人周贤望的一首赞颂雷锋的诗。那是一个音频版，系由多位出色的朗诵者共同演绎这首充满真情的诗。这首诗的题目叫《因为善良》。诗人从人性的角度试图发掘雷锋身上最本质的东西："这个 1 米 54 的小个子，/能够用他 22 岁的年轻生命，/化作一座崇高的人性灯塔,/让我们深深敬仰?!/因为——善良!"全诗以对比的手法对雷锋的善良做了深层次的阐释:"不是每一个生命都冷漠、自私,/确实有一些生命会发热发光,/不是每一个灵魂都傲慢、狭隘,/确实有一些灵魂高尚而又宽广。/雷锋的善良,是那种纯洁的干干净净的善良,/他做好事,只是为了做好事,不是为了标榜。/雷锋的善良,是那种真切的地地道道的善良,/乐善好施,帮助那些需要帮助的人,/是他发自心底的愿望。"诗的最后,落脚点放在了呼唤人们"不必怀疑",要"坚定地相信,相信善良!""因为善良是一切生灵和平共处的最后希望"。

我由雷锋和这位诗人所歌唱的善良,很自然地想到了恰恰就在3月5日这一天出生的作家汪曾祺。汪先生走了有二十四年了,但人们一直还在谈论他——谈论他的作品,谈论他生前的种种轶事。他一生经历了那么多的坎坷,受了那么多的苦,但他并没把这个世界看成一片灰暗。相反的,他看到的大多是美好和基本美好里的光亮,他把他捕捉到的那些来自生活底层的各色人等在与自身命运抗争中发出的欢笑声,全都用文字记录下来。汪先生的身世似乎有太多的理由可以去发牢骚,拍桌子,唱反调,可他没有,一点儿也没有。而这一切,我以为正是源自汪先生有一颗大慈大悲的菩萨心,其实也就是我们通常所说的心地善良。他走的那年是七十七岁,他给这世界留下了那么多美好、干净、充满爱意的作品。

人们喜欢汪先生,还不光是因为他的作品,凡是同他接触过的人无一例外地都认为这个人可爱——无论是他系着围裙笑容可掬地为来家的客人忙几只可口的小菜,还是他出访或游历时在各地为相识和不相识的友人挥毫作画、写字；年轻的作者捧着书稿请他作序，出版社找他出面组稿编选专写美食的《知味集》，诸如此类，他都乐此不疲，认认真真，不辱使命。这些事表现的是一个人的古道热肠，一桩桩，一件件，事虽不大，但作为当事人或受惠者，能无如沐春风之感?!

　　雷锋与汪曾祺，无疑是两个不同类别的人。但他们身上最基本的底色或曰品质，却是相近和相同的，雷锋说"自己活着，就是为了使别人过得更美好"，汪曾祺则称自己的写作是"给人间送小温"，不约而同都想到了别人。因此，我们学雷锋做好事，或读汪著接受美善的熏陶，其实也就是一点点把自己做好。大家都做好了，这个世界自然就一天比一天好。你说，是这个理吗?

2021 年 3 月 2 日晚于南京

听阎维文唱《咱当兵的人》,想到了两位年轻时都曾有过当兵经历的老友,突然就想说说他们的故事。

一个是小王,我认识他的时候他总在二十五六岁吧,从部队复员回转已有了些时间。他的父亲是一名军人,有一定级别可以带家属的那种。他出生后就跟着父母辗转几省,小学是在几个地方的不同学校读完的。作为军人的父亲让他不到十八岁就当了兵,而且是蛮苦的汽车兵。他曾经跟我说过,在云贵川的那些大山里开车,当时人长得瘦小,个子勉强才一米七。说遇到过多次险情,先是跟着班长,后来就一个人独当一面执行任务了。人被逼到了那个份上,总不能把车子丢在山里吧,渐渐地胆子就练出来了。小王人聪明,也肯学习,汽车兵当了不到三年,后来由于爱写稿子,把连队里的一些突出事迹写到了军区的报纸上。领导认为这是个人才,光开车有点可惜了,调他去做笔杆子的事。几年后转业了,被安排在南京广电系统新成立的一家电台做记者。

我们的相识是因为一篇稿子。二十世纪八十年代末的一个夏季,我们共同生活的城市遭遇了多年罕见的连续高温天气。他写了一篇反映大炎热给城市的许多行业以及老百姓的生活带来种种震荡的新闻大特写,有一万多字,为这篇文章他冒着酷暑走访了好些个单位和个人。我收到他寄给编辑部的稿件(彼时我在一家青年刊物任职),马上决定刊用;但有一些数字和细节需要同他进一步核实。我给他通了电话,他当晚骑着自行车赶到我的住处,一头一脸的汗水,那是我和小王的第一次见面。这篇文章发表后收到了相当数量的读者来信,当年还获得了全国青年报刊协会颁发的作品奖和编辑奖。也正是因为这篇文章,我和小王成了相交三十多年的朋友。之后有好几年,他给我先后主持的两本杂志分别写过不少的人物专访和文化方面的随笔。后来我调了工作,他也换了单位。但我知道他一直很努力,在行业内有很好的口碑。他做过一本理论期刊的总编辑,前后大约有十多年,直到不久前退休。在他以前的文章里,能读到经历过生活磨炼的那种坚韧和实诚,年轻时包括军营走过的那段岁月,我感觉给他这一生都留下了一些特别的印记。从他最近发的朋友圈,看到他远赴四川大凉山拍摄的一些农人和孩子们的照片,是那么真实、饱满,且透着浓郁的沧桑感。看着这些照片,我甚至能想起第一次见他时他那副满脸汗水的样子。只是小王也已变成了老王,没变的是,他那对世间苍生万物始终报以关切的悲悯的目光。

还说一位老刘。他出生在新中国成立前,童年是在苏中地区长江边的一个古镇上跟着爷爷奶奶一块儿生活的,读初中时去了上海父母亲的身边。他从小就有当兵的情结，中学毕业后跃跃欲试地报了名，为了表明他的决心，据说还咬破手指写了血书。最终如愿以偿，去了福建沿海某部，成为一名炮兵。他平时刻苦训练，每一次实战演习都有很好的成绩。或许是某种天赋，中学读书时他就在上海的报纸上发表了诗作。因面对大海和保卫海疆而升腾起的一份光荣，他在军营的晨昏间隙写下了一首首激情四溢的"阵地诗"，并且在省报和军报上发表。几年后复员回到沪上，他被安排在一家区里的电影院做宣传员。一段时间下来，他感觉这样的工作环境过于刻板、单调，无法感受到大时代火热的生活气息。居然放弃了这个旱涝保收的事业单位，主动要求去了一家钢厂，做了一名每天被炉火烤得脸膛通红的炉前工。他是为了心中热爱的诗歌寻找生活源头来的，他观察炉火和火龙般泻出的钢水，在高温热浪里潜心打造他青春澎湃的诗行。凭借在当地报刊上发表的那些咏唱钢铁和对一线工人生动描画的作品，他在上海滩赢得了"钢铁诗人"的称号。

老刘这一干便是十年，后来才去大学读新闻专业，毕业后参加筹备一张城市导报，在这条战线上一直干到退休。他当兵时的那股热情在退休后的近二十年里表现得更为淋漓尽致。先是受几处文化单位之邀，主编文学刊物，为创作骨干做辅导培训；再后来又挑头成立了一个覆盖全区域的以退休老同志为主体的文学社，他亲任社长，并请了几位大名头的作家担任文学社顾问。经常带领社员深入企业、乡村、港区、街道，写出反映时代脉搏的诗文。然后联系出版社，给他的社员们出书，开讨论会。还主编了一份专门发表社员作品、定期出版的《诗书画报》，带动了一大批有这方面兴趣爱好的老同志把晚年的退休生活演绎得红红火火。

我的这两个朋友,青少年时期部队生活的那段经历,想来一定构成了他们生命里一道难以忘怀的风景线。在我看来,这段经历对于他们后来自身性格的形成,乃至人生道路的选择,恐怕都有着十分重要的影响。不知我的这个判断,是否能够成立?

2022 年 4 月 17 日晚于盱眙天泉湖畔

朋友，谢谢你每天的问候

每日晨起，打开手机，微信里总会跳出几张熟悉的面孔。他们在一日之始的晨曦里给我发来问候，或是一张雅致的图片，或是几行亲切的话语。有的已持续好几年了，一天都没有中断过。感动之余，我常会想起和这些友人曾经的交集——

远在加拿大的史先生。我们相识在二十世纪七十年代。那时候我是一个纺织厂的机修工，他在一家饮食服务公司做秘书。劳作之余我常写点小诗或歌词，他热爱音乐，还能自己谱曲并演唱。是市里文化馆组织的某次活动，让我们走到了一起。他长我两到三岁，高高的个子，浓眉大眼，有点舞台上英雄人物的模样。我写的歌词他拿去谱曲，而后给一些单位的宣传队去演唱，节目还参加过全市的汇演。听说有一回在南京五台山体育场举办的大型活动中，数千人大合唱，其中有一首歌是史先生和我合作的作品。不过时间久了，具体写过一些什么歌我大多已无印象。虽都是一些早已逝去的过眼烟云，但在我们的青春记忆里有这一段抹不去的投影。二十岁不会再回来。稚嫩的但一定是纯真的梦想，丢在了故乡的那片土地上。

四十多年后，我们在紫金山麓有过一次久别重逢。我方知他早些年已远赴加拿大定居，词曲艺术上一直有新的发展。他写过很多歌，在海内外传唱，在加拿大华人圈里有挺高的知名度。还由于他为中国侨联做过许多积极有益的工作，所以现在大部分时间在大陆各地游走，受邀参加侨界的各种活动。他发的朋友圈里时见其忙碌的身影。

陆先生。他有一张胖嘟嘟的脸，憨厚的笑里能读出他的幽默和实诚。早年他在一个古镇上做文化站长，所做的工作是为当地百姓张罗各种精神食粮。我于二十世纪八十年代初大学毕业后去了那个县工作，后来就和他成了同事。我们一道去基层搞调研，开现场会。每次下乡去工作，乡里热情总要留我们一顿饭的，也总会上一瓶酒。我那时年轻，酒量不行，陆先生就经常自告奋勇地帮我代喝。这些场景已过去三十多年了，不久前我在家乡晚报上发了一篇关于酒的文章，他看到了，一大早就很激动地给我打来电话，栩栩如生地说了当年替我代酒的事。陆先生已八十岁山头，但电话里仍显得中气十足，他邀我有机会去他那儿做客。说其他都好，就是有一条腿出了点毛病不太利索了。

陈先生。毕业于著名的东南大学土木工程系。二十七岁那年被任命为一个省辖市的共青团书记。1988 年我受命去采访他，跟着他跑了不少地方和单位，听他在大会上发表抑扬顿挫的讲话,也和他在一个厂区的草坪上席地而坐过,听他聊工作思路,包括更早的知青岁月。那几年他几乎是玩命地工作,在他的手上推广了好几项当时的全国第一。我写了文章发表在省里的刊物上,杂志有几十万的发行量,过后不久他接到好些全国各地请教的电话,或有专人去他那儿学习、取经。

陈先生后来做了这个超大城市的建工局局长,为这座城市的建设立下过汗马功劳。再后来他被国家建设部作为特殊人才"挖"走了,成为一名非常知名的城建专家,不少城市的发展布局都请他去做规划和设计。

沈先生。他是经我一个最要好的朋友介绍认识的。可惜那个朋友已经不在了。我们在一道的时候,还会有很多的话题谈这位故去的老友。沈先生在一个开发区做人武部长,他为人很谦和,喜欢读书,对一些文史掌故尤为精通。我做出版的那些年,为沈先生出过一本写故乡风情的书,还为他当时尚在高中读书的女儿出过一本小说集。这一晃有年头了,他写小说的女儿现在已是法学博士。他一直还在念着过往我为他们父女出书的事儿。

…………

种种的机缘,让我们彼此在不同的时间段里成为朋友。朋友们自然都有各自生活的天地,空间的距离决定了相互不可能时常谋面。因此,曾经的交往也只是留在各自的记忆中,或深或浅,因人而异。

类似这样的朋友,相信每个人都有,而且有的会很多。但朋友间很重要的一条,是需经常走动的,久不联系,则往往会疏远和淡忘。

发一条问候早安的微信，看起来似乎微不足道，但其实这是朋友在用心维系这根友谊的纽带。

这让我想起了蔡国庆唱过的一首歌："一年有三百六十五个日出，我送你三百六十五个祝福……"

朋友，谢谢你每天给我捎来的这份情意。

有一本诗刊以"恋恋西塘"为题,在全球范围内向诗歌作者征诗,经过一段时间的征集和评选,最近公布了得奖结果。说这次活动,参赛的作者有8200多位,参赛诗作共29400首。过五关斩六将,最后有37件作品获奖。我的一位在安徽铜陵生活的诗友是这37人中的一个。

西塘,位于浙江省嘉善县境内。这个被人们称为"生活着的千年古镇",早在春秋战国时期就是吴越两国的相交之地,有"吴根越角"和"越角人家"的说法。由于浓缩了江南最典型的水乡特色,西塘的风景与风情之美,是众口一词的。凡是去过的人一定都能记得它,也一定能一二三四地说出它的好来。那么多人肯为它写诗,便是最好的证明。

我在十几年前曾经在不同的季节先后五次去过西塘,五次基本都是在那儿度假。找一处临水的民宿,住上十天八天。一家家的小饭店,挨个吃过来。哪家的白鱼嫩些哪家的河虾鲜些,心里全有数。有一个号称"天下第一面"的面馆,我每天都会光顾不少于一次。面锅上主厨的那位生得黑瘦但精气神倍好的许师傅,我多次趁他给人下面的空当,跟他聊家常,记得还为他专门写过一篇文章。

白天的西塘游人太多,我和太太常在人潮退去后的夜间去走那几座老桥,或在避雨的长廊里坐坐,吹吹夜风。有时候也会起早,看这个睡眼惺忪的美人在晨曦薄雾里怎样一点点地醒来。见到老太在埋头劈柴,而后生起那种老式的煤球炉子;看靠在藤椅上的大爷,手执一只紫砂壶,半闭着眼儿嗞嗞地饮茶;走过一个开了门的铺子,见女主人在为她大约六七岁的娃儿梳头,那铁锅上卤煮的一些食物已是热气袅袅;河里的小船上着一身橘红色救生衣的中年汉子摇着橹,不时地在水中停船弯腰,我们先以为是在捕鱼呢,一打听他是水上保洁员,每天都要把漂在水上的一些垃圾杂物捡拾起来,那叫清理河面。

有一年的夏天,正赶上看世界杯,我在一个小饭馆里连续几个晚上一边喝啤酒,一边欣赏电视上英雄们的大显身手。黄健翔为意大利队疯狂解说的声音仿佛还在耳边……

在我这儿,西塘是流动的、活泛的,所有的景致也都跟彼时的人物甚或故事联系在一起。

有些年不去西塘了,估计这两年因为疫情,西塘也冷清了不少。但好风景一定还在。

好风景是给人看的,但再好的风景却又是带不走的。因此,好风景其实是用来念想的。十年,甚至百年,好风景会活在一代代人的记忆里。

2022 年 4 月 19 日晚于盱眙天泉湖畔

义田住在宜陵中学校园里的时候,我去过他家里几次。当时学校给教职工建的房子相对比较简陋,好处是从授课的教室出来,跑不了几步就可坐在门前的小竹椅上抱个暖杯喝茶了。冬天的夜晚,由于周边空旷,那样的房子估计会很冷;但天亮以后,太阳一出来,门一推便看到的床上,阳光会很慷慨地洒进来。

那几年我还在江都工作,碰到有公务去宜陵,总会抓住空当去看看义田。一度我们还曾合作写过一些不同类型的文章,因此两人见面便有谈不完的话——商量选题或探讨有关文章的切入口。有时聊得晚了,他领我到镇上找个小饭店,炒几个菜,喝一杯酒。宜陵有几家小饭店的菜还真做得不错。我们还在一块儿洗过澡,是一个下午,天气很冷。浴室不大,池子里的水蛮清爽。洗完了出来,休息的厅里很暖和。

我调到南京工作后,还去过宜陵几次。我先后搞过两本杂志,义田为我写过好几个人物。有几个便是宜陵的,有乡镇干部,也有企业老总。喜欢动笔只是一方面的原因,更重要的是,义田通过这样的方式来支持我,帮助我在新工作中打开局面。

义田在家里是老大,弟弟妹妹们大大小小的事情他都会操心,或帮他们拿主意想办法,或把一些困难直接就揽在了自己身上。义田后来在江都退休了,父母亲还住在宜陵老家。他带头回去陪侍父母,照料老人的饮食起居。那处老房子记得我也去过,他给我讲老人的一些生活习惯,包括床铺的朝向,如厕、洗澡时需注意的一些问题。义田的心很细,每一件事都考虑得十分周全。

1978年的3月,我和义田相识于扬州师院校园。四十多年来我们一直保持着联系,并且像兄弟一样地相互走动。他写得一手好字,文章上也肯下功夫。他先是做老师,后来办报纸,一直就同文字打交道。前两年有一个朋友出书,在文字的把关上我让他去找义田。经义田润色过的书稿,我就特别放心。义田有一副古道热肠,曾先后帮过几个蒙受不公待遇的人,不厌其烦地替他们写申诉材料。我为他的精神所感动,也曾为他的义举做过联络,敲过边鼓。而这样的一些事情,则如同黏合剂似的,把我们俩的心更紧密地连在了一起。

虽然退休已有多年,但义田依旧还在劳碌。他告诉我,每天早上五点多便起身给已上中学的孙女儿做早饭。下午他还要去报社,帮助看大样。所谓发挥余热,义田可能是我们这批同学中做得最出色的一个。

2022年3月6日凌晨于盱眙天泉湖畔

搜寻记忆中的你，是一张可爱的娃娃脸，充满稚气，见人有几分羞怯之色。一双眼睛很大，乌溜溜的透着纯净。印象中你有一姐姐，还有个哥哥，好像都不比你大多少，你当是老三？二十世纪五十年代，及至六十年代初，国家对生育是放开的，孩子生得多可以戴红花，被称作英雄母亲。这就使得许多家庭生育密度居高不下，兄弟姊妹一个挨着一个，年龄差也大都不超出两岁（我们家就是这样）。不久前我跟你通了一次电话，先前脑子里的印象得到了证实，果然是你姐姐大你三岁，哥哥长了你两岁。

我们的父辈是同事。这所农字头的大学创建于二十世纪五十年代初，当时的教职工来自江苏省内外各地，是真正意义上的五湖四海。依稀记得你的父母均为四川人，后来听我二姐夫说，是他四川内江的老乡。大约是听我父亲说过，你父亲毕业于川大历史系，可所学专业在这样的农业院校显然派不上大用场，只能屈就在马列主义教研室，开公共课，一直教政治经济学。你母亲当时具体做什么，我不甚了解。能记起的是，你父亲个子不高，但走路频率很快，为人彬彬有礼，平日在大院里见着像我们这样的孩子，也都很客气，会朝着我们笑一笑。

我们住的地方叫"苏农一村"，你们家先是住在对面那栋两层楼里右数第三家，后来搬到了我们隔壁。我们姐弟几个比你们姐弟仨都大，大到将近十岁，所以基本上不在一起玩，也就没有什么交集。尤其是进入"文革"以后，人与人的关系变得紧张和拘谨起来，大人们也都少有接触，更何况我们这些未成年的孩子。各自的家庭里都发生了些什么，也只有当事人自己知道。回顾我们的青少年时代，其实是很有几分仓皇和压抑感的，不知你有无这样的感受？

那天电话里你说，八十年代初你高中毕业时，我已读完大学去了外地工作。之后就再没见过。是的，九十年代我的父母搬了家，"苏农一村"，这处摄录了我们青春影像的栖身之所，只是若干年后我推着轮椅上的父亲去回望过一次。沧海桑田，物是人非，最大的感慨是：人，终究斗不过岁月。

我问起你的父亲，你说老太爷已是九十有五，前两年还在埋头写一部长诗，是对中华五千年文明史的艺术阐释。太了不起了，我说等此番回乡，一定去拜望令尊。羡慕你们兄弟的福气，还有老父可以孝敬，而我却无这样的机会了，家父离世已近十载。

年纪也都渐渐地大了，我是说我们这代人。本能的一种怀旧，把一批当年苏农的子弟重又归拢在了一起，当然，选择的是一种现代的集结模式——通过微信建起了一个"发小群"。发起人 C

159

女士无疑功德无量，还记得她读中学时就有很出众的组织才能。正是这个"群"，让我们得以重拾过往，遥想父辈当年的勃发英姿，茫茫人海中的久别者也因此得以精神勾连。

　　和你这位记忆中有双大眼睛的邻家阿弟，我们在群外又互加了微信。交流的话题也进一步拓宽，谈人生经历，也谈共同爱好的文学。知我新近出了套新书，你上网购来让我签名。阅读后还专门写了篇文章，谈你对我作品的认识。文学，有时候真的是一种很奇妙的黏合剂，它可以让两个被时光阻隔了太久的人，虽各处一地却能互相欣赏又互相发现。

　　或许这便是一种宿命，少时的比邻而居，注定了让我们在老来各得一株思想的菩提。

2020 年 3 月 3 日夜于南京

　　清安是我少年时代的邻居。他的父亲教植物遗传,我的父亲教农业机械,同一个系而不同教研组。二十世纪六十年代,我们住的教职工新村,盖了一栋两层楼的房子。我们两家分别从别处搬在了一块儿,清安家在楼上。那时候我们也都才十来岁。清安小我两岁,和我弟弟同龄。当时我祖父还在,祖父手巧,家里的不少物件都是他制作的。夏天我们放在室外纳凉的几张小竹床便出自祖父之手。吃了晚饭冲了澡,我们几兄妹分坐在小竹床上,清安会从楼上下来,在我们的竹床上坐一会儿。具体都讲过些什么,或玩了点什么,基本没有印象了。清安家除了爸爸妈妈,还有一位老人,我们听他叫"觉觉奶奶",就以为是他奶奶。一直到了几十年后的不久前,清安跟我说,那是在他家待了几十年的老阿姨,每晚带着他睡,两人的感情就像祖孙。

　　清安是家里的老小,上面有两个哥哥一个姐姐。记忆中,他大哥长得很帅，"文革"前便考上了北京的清华大学。老二是姐姐，当时是一所省重点中学文艺宣传队的骨干，唱歌跳舞都很出众；每天上下楼一阵风似的，脚步轻盈；她一般不跟我们这些小男孩玩。他的小哥哥好像从小就憨厚，见人总笑；不知得过什么毛病，少年时背就有点驼。我们成长在那个特殊的年代，人和人之间（包括大人和小孩）都像隔着一层似的，几乎没有特别要好的。我在前些年写祖父的一篇文章里说到过，少年时代的我们活得都很压抑。清安算是同我们兄妹几个走得比较近的，几十年后他居然能学我祖父的江西口音，叫出我们几兄妹的名字。这样的发小很难碰到了，那天听到清安这样叫，我的眼泪差点流下来。祖父离开我们已有半个多世纪了。

是在一年多前，一个很偶然的机会，我的一个朋友说到了清安，说他与我们就生活在同一座城市。我很惊喜。后来我们相约在一块儿吃了两顿饭，都是人较多的饭局上。还没能认真地坐下来聊聊过去，聊聊这些年都是怎么过来的。他的经历我也只知道一个大概的轮廓——二十世纪七十年代末八十年代初读了大学，而后一步步往前干，做到了一个地级市的供电局长，再后来受命调来南京组建一个以房地产开发为主的国企。如今清安也到了含饴弄孙的年纪，那天去参观了他园子里种了树也种了菜的乡间别墅，他有个特别能干的太太，把家里拾掇得不忍踏进去。孙儿孙女一个善书法一个会钢琴，清安讲起他们，一脸的笑意让我想起他少时的模样。清安的母亲当年是那所大学的校医，记得我们平时有些小毛小病的，父亲会爬上楼问她该吃点什么药。那日在清安的书房里，我见到了老人家的照片，清安告诉我，母亲活到了九十三岁。

再说一个发小。她和我同姓，幼儿园时我们在一个班上，不知为了什么我曾拽过她的小辫子。小学我俩好像还在一个班，到中学就分开了。之后各走各道，几十年未曾有过交集。大约在三年前，她的一个邻居（也是我的朋友）向她说起我，这就有了我们的相逢。并且我们还一道回故乡去参加了一次几个发小的聚会，看望了九十开外的我们小学时共同的老师。她走过的人生之路颇让我惊叹——高中毕业后同我一样，也当过一段时间的工人；恢复高考那年，考上了一所医科大学，出来后做了医生。后来不知什么缘故，从一个很体面的事业单位跳出来，下海经商了，做国际品牌的服装代理，自己还开了爿服装厂。总之她是那种敢想敢干、巾帼不让须眉的性格，风风火火地干了不少年，当然手上也有了一定的资产。再后来又转行，弄了一块地，盖了很大一片房子。这些年又办起了一家母婴会所，她一直在做这个企业的董事长。她的微信头像是穿着白大褂戴着口罩埋头工作的照片。我们一批发小有一个微信群，她几乎每天都会问候大家；有点什么事情，她也都毫无保留地发表意见。她很真诚地对待每一个人。我在朋友圈里常常发一些文章，她总给我热情的鼓励。一年里我们会相约在一道吃两次饭，说说过往的人和事。

因为父辈的关系，我们打小在一起读书和玩耍；长大后我们各奔东西，每人走了一条不同的路。孰料老了老了，命运又让我

163

们重逢。我们的兴奋点大多集中在蒙童时的那些片段上。我们坐在一块，饮酒，说笑，那是我们心灵深处在企盼一种回归。尽管我们清楚，人生的这趟列车距离童年那座小站已愈来愈远，但我们心犹不甘，我们仍想回到过去。

2022 年 10 月 29 日于盱眙天泉湖畔

李应当比我小一到两岁。中学时我们同在一所学校。初中我高他一届。

我读完初中是 1969 年，当时家庭出身好的同学一般被安排进了工厂，有一些则被要求在家待分配，可后来就没了下文。我也是老老实实在等的，但没等来工作的通知，却有学校老师联系我，问愿不愿意继续读高中。我不想读了，但父亲一定让我读。我只好又回校再读了两年高中。

李便是我高中时的同班同学。他生得其貌不扬，人却绝顶聪明。和人相处的方式，包括言谈举止都比我们成熟老练许多。我们是读到高二那年，学校开始抓教学质量了，成绩好的同学也才渐渐有了市场。李的学习成绩在班级排在前几位，他好胜心特强，不甘人后，某门考试发现有人超过他，嘴上不说，眼神里对超过他的同学会显出一种不太友好。同学期间我们交流不多，碰上了也只是打个招呼而已。

　　高中毕业后又有一段时间待分配,然后我去了工厂。李则插队去了一处农村。几年后恢复高考,听说他考入了南京一所有名的医学院。这期间我们仍没有往来,关于他的传奇人生我是若干年后从偶遇的高中同学嘴里听说的——说他大学读书期间,因犯强奸罪而被判刑。劳改中居然结识了一位监狱长的女儿,并赢得了这个姑娘的爱情。待他刑满释放,两人遂结连理,并相伴开始了闯荡生涯。说李做生意是一把好手,钢材、煤炭、服装什么的,那些年他全都倒腾过。后来因为一桩非法集资案被通缉,他却能金蝉脱壳成功出逃,先是在一个后来成为旅游胜地的大山里隐姓埋名,不久又悄悄复出,做起了房地产开发商,且在那一带成为带动乡民致富的名人。结果一条电视宣传片被数千里之外当年案发地的熟人看见并报案,他再次踏上了亡命天涯路。这桩官司最后是怎么了结的,我的那位高中同学没能交代清楚。反正几年后李给自己洗白了,而且还堂而皇之地进军首都,大约总有什么高人"罩"着吧?

　　该是十几年前吧,我有一次春节回乡,由原高中时的班长牵线,领我去了一趟李刚入住不久的新房。还见到了似乎小他十几岁的李太太,但我没敢问是不是当年那位监狱长的女儿。彼时已五十出头的李,口若悬河,神神道道,给我讲了不少京都要人的秘闻。那天晚上李很客气地留我们在他宽敞而亮堂的家中吃了顿饭,他太太亲自下厨,做了几个凉菜,下了味道很不错的面条。

　　过后不久他还去了一次我所在的城市。我特地去他下榻的宾馆看他,送了一套我当时工作单位制作的文化礼品给他,他当即表示,回京后一定大力相帮推广此款产品。可惜回京后再没有得到过他的一点儿消息。

这次见面后不到两年,还是那个据说和他一直保持联系的高中时的班长告诉我,说李走了,患的是颇为凶险的胰腺癌。从发现到最后离世,也就几个月的时间。那一年他五十六岁。

我为这个少年时便聪明过人的同窗感到悲哀。他这一生行走似乎太累,或许是争强好胜的性格写就了他的命运,也给了他最大的伤害。我缺少对他深层的了解,似乎也不该妄加评断。

2022 年 11 月 16 日夜于盱眙天泉湖畔

还记得毕业三十年的时候，我们曾相约回到母校去，看当年出没的校园和已近蹒跚的老师。后来有同学牵头编了一本纪念册，能联系上的同学都写来了文章，共同怀念那段烂漫的岁月。

这一晃，又是八年多过去了，入校时最年轻的几个也都先后从岗位上退了。日子像赶海似的，一浪一浪追着我们的脚跟。生命树在往老里长，一个个都成了爷爷奶奶或外公外婆。

如同当初从角角落落、四方八地聚拢在一处，而今青丝换了白发的同窗，则在各自的天地里活出各不相同的风景——

七一前夕我在同学微信群里看到一个视频，那是施亚在全神贯注地打拍子，指挥他工作的单位——南通日报社的老同志合唱团放声高歌。而我眼前掠过的却是学生时代施亚在舞台上活力四射跳舞的身影。记忆里还有陈秋琴唱的那首《情深意长》："五彩云霞空中飘，天上飞来金丝鸟……"邱龙涛当时就把陈秋琴称作"金丝鸟"。不过这只"金丝鸟"后来随一位戴博士飞往千里之外的五羊城去了,毕业后还真就没再见过。

从劳动局局长岗位上退下来的陆成斌,好像是随儿子去了上海。他的身体一定倍棒,在沪上还弄了一个家政服务公司,朋友圈里时见他发一些拓展业务的"小广告"。最让人称赞的是他对国粹——京剧的一往情深。每日晨起,嗓子一亮,估计那树上的鸟儿也都全惊了。他算得上一个"骨灰级"的票友,全民 K 歌的平台上一天要唱近十个段子呢,真为他有这份好心情喝彩。

徐贞同是当年写作课的课代表,她学习时的专注和不苟言笑均给我留下颇深印象。毕业后她一直做老师,从中学、中专,而至大学。虽无机会听她上课,却能想象她在课堂上讲课时的神情。她读书前做过十年知青,干过几乎所有农活,她的身上有一种特别的韧性。最近她寄了一本自己的书给我,书名唤作《浅草集》,写童年美食、山川风光、故人往事,文字里似可读出丰子恺笔底的味道。谢谢她时常就文章写法与我互动。

黄文德读书时就很用功,成绩好,德智体美全面发展,所以被留在了学校。文德做过扬大学报的编辑,后来又做了档案馆的馆长。早些年我出有一套小书想赠送给母校,相关事宜皆由他一手张罗。文德性情恬淡而豁达,时常有即兴写出的打油诗发在群里,很有点歌仙刘三姐张口就来的杰才。前一段时间大家为疫情困扰,他写了不少打油诗给同学们解闷,诗曰:"同学之间开开心,免得在家太冷清;同窗相互说说笑,大小烦恼都忘掉。"有一回见他拍了照,说土坝桥那儿有家火烧做得好,便和他搭腔"韶"了几句,他以打油诗发出邀请"回扬一定管个饱",只觉着一股浓浓的烟火气叩打心扉。

张王飞和曹义田，读书时的正、副班长。有趣的是，如今两人都还退而不休。王飞在南京，舞台自然大些。作协书记卸任了，江苏当代作家研究中心常务副主任的衔却没能推掉，还在正儿八经地干头事——和丁帆教授一块儿主编《江苏新文学史》及与之相配套的《史料编》，皇皇七十卷，近两千万字，听得人非要咋舌的大工程呵。你别看，王飞到底是见过大世面的，除了那些硬活，扬大南京校友会还有不少事儿要让他这个会长出面搞定呢。曹义田一直就在江都，这两年区里成立了融媒体中心，不过报纸还在正常出，现任领导请他这个老将出山，发挥余热，在版面上把把关。义田做事从不含糊，每天下午准时准点乘公交到报社上班，从稿子到大样，他会字斟句酌的看几遍方才签字。

方晓伟读书时年龄小，生着一副娃娃脸。说是毕业后做了十年中学教师，然后跳槽去了电视台，干了十七年的媒体，再转到政协文史委做研究，还真有模有样地写了好几本书，主攻对象是晚唐诗家崔致远和曹雪芹的祖父曹寅。不久前《扬州晚报》请一些当地名流开"大家说"专栏，见晓伟也登台亮相，配文的一张照片拍得文绉绉的，蛮有点学者风度。

邱龙涛当年和我座位紧挨着。四个班混在一起上大课，课间休息我们常溜到教室后面的小山包上抽烟，有几分"臭味相投"的意思。毕业后他去甘泉中学教书，开始几年好像不太顺，到现在他都还有点耿耿于怀，老在说过去受的那段苦。我答应要去他家里喝顿酒的，可惜一直没能兑现。他身上有些汉子气的，我要劝他，重要的是把眼前的日子过舒坦。他比我可得意多了，儿子儿媳妇在上海都过得不错;孙女已经十三岁了,长得很漂亮,小孙子大约七八岁,酷似龙涛,小脸上像是也有俩酒窝。子孙好才是真的好,这个道理龙涛应当比我懂。

——1978年的春天,历史让我们在那个时空里相遇,尽管四年后我们仍天各一方,每人走了一条不同的道。但我们已然知道了彼此,不思量,自难忘,那份同窗之谊或深或浅总在心里。

所谓近乡情更怯,老来思故人。无论此刻你在哪里,身居何处,我想说:同学,你好!

我们其实有一个共同的名字:扬州师院中文系七七级二班。

2021年10月12日凌晨于盱眙天泉湖畔

有些年纪了,过往的一些所谓大事好像都不太记得了,能记住的往往是对一个人最初的印象或一些可能被认为微不足道的小事。

我是扬州师院中文系七七级的学生,1978年春天进校。在校期间和毕业以后,与一些同学时有往来。这些年的写作中,也写过几篇关于同学的文字,有单篇专记一人的,也有合在一块儿,记多个人的。

写过的就不重复写了,这一篇写几个没写过的。

王东明,泰州人,比我要小好几岁。当时就感觉他特聪明,而且用功,肯读书。他平时住校,而我家在扬州,是走读。他同我走得近,两人常一起合作写文章。那几年除了上课,我较多的时间都躲在家里写稿子。写得比较杂,诗、散文诗、文艺短论、书评、知识小品,都弄一点儿。王东明和我合写的文章,得以在多家报刊上发表,主要是一些书评和对几位作家的作品综论。那些作家和诗人当时与我有书信往来。比如湖南的韩少功、天津的石英(后来调北京了)、河北的戴砚田、福建的陈志泽和陈慧瑛、香港的黄河浪等,他们给我寄书或刊来,我与东明分头阅读,大都由他拉出初稿,我做修改或增补一些内容。我们合作得挺愉快,稿费也是两人平分。后来他去上海复旦读研究生并留校了,我们的合作也就不再继续。是1998年还是更晚的2013年同学聚会(记不确切了)上,我们见着了,他的变化不是很大,还很年轻,读书时的那种憨厚而诚实的笑容仍在脸上。

袁振国,泰州人,读书时和他交往并不多。2013年(纪念入校三十五周年)聚首交流时,他讲到一个细节,说我入学不久在一个什么场合朗诵过一首诗,题目叫《小船》。这件事我听了很感动,因我自己已没有一点儿记忆。那一年他还在北京工作,我与他相约在出版方面做一点儿单位之间的合作,他也很有兴趣。但不久他便调回上海了,我也没能抓紧去北京拜访他,引以为憾。

李益陵,女同学,南通人,读书时少有交流。毕业后的多年间,曾有一次去南通出差,她和顾凤伟、施亚等请我吃饭,乘舟夜游濠河,留下美好印象。更令我感动的是,今年元旦过后,她领着现在任教的老年大学班的学员来盱眙天泉湖、铁山寺拍照,我知道后请她在社区餐厅共进晚餐。餐桌上她谈这些年的人生岁月,一片率真,令我敬佩。她返南通后,我给她寄去一套我的小书,蒙她厚爱,还选出一些拿到她教的班上当作范文来讲。

吴小平,是隔壁三班的,扬州人。他从扬师毕业后考到湘潭大学读研究生,而后分配至南京,在江苏古籍出版社(现为江苏凤凰出版社)做编辑。我从江都调南京工作是 1987 年的夏天,先是住在南京艺术学院招待所。记得不多久,小平专门到这个招待所来看我,见我一家三口挤在一间斗室里,随即帮我联系到一处可对外出租的部队干休所的两居室。很快我就搬了过去,我们一家总算有个像样的栖身之所。1992 年我调文艺出版社工作,和小平的联系便也多了些。1998 年,我有机会和小平一道参加省有关方面组的一个团,去澳大利亚观光学习。十多天里,我们在多地同住一个房间,得以很贴近地交流。小平后来在事业上发展得很好,成为江苏凤凰出版传媒集团的副总。

苏徐,七八级(也只晚了我们半年进校),靖江人。读书时同王正宇一样也写文学评论。生得帅气且儒雅。印象较深的是,有一次几个同学在冶春喝过一顿酒。参加者有当时和苏徐同班的曹剑(曹剑爱写诗,在校时与我过从较密,八十年代我便有专文写过他)等。前些年我因工作去靖江日报社,总编辑叶晓庆接待我,几次都请出苏徐来陪我。叶总叫他师父,他是领导,做过县里的政协副主席。这些年他去女儿工作的深圳生活了,我们时有微信往来。苏徐酒量甚好,说找机会碰头,一定喝上两杯。

祁智,七九级,靖江人。小我八岁。也是一条写诗的好汉,和曹剑等一块儿去过我当时苏农一村的家里。他人特谦和,当时竟叫我王老师。印象中他不光诗好,字也好,还是足球场上威风八面的门将。他在南京三十四中教书时,我去过他学校。后来他去南京《周末报》做记者,到江苏省电视台做主持人,又到少儿出版社做总编辑,总之他充满朝气十分活跃。文学创作上他也很有成就,出过多部儿童长篇小说。我最欣赏的是他为故乡靖江写的那些充满深情的介绍美食的文字,还有就是奥运会和每届世界杯期间,他给《扬子晚报》等报纸写的一些专栏文章;体育方面各个运动项目他都能说出道道,尤以对足球的评论看得出他的专业水准。他自身也十分注重体能训练,马拉松的多个赛事上均可见其身影。他身上的谦和似乎也一直如影随形。2019年底我的新书在新华日报社举行首发,我请了他来捧场,他即兴讲的那番话差点让我洒下老泪。我在心里说,谢谢你,祁智同学!

2022年5月26日于盱眙天泉湖畔

老　陆

　　新年元旦的上午，老陆给我打来问候的电话。我以为他在南京的家里，他却说在几千里以外的广西北海呢。我突然想起来，前两年他也曾在春节前后给我打过类似的电话。没什么事情，就是问候问候。他退休都快二十年了，谢谢他还老是想着我。

　　南京的冬天一般都比较冷，他和老伴儿，他说还有好几个当年大学的同学，也都是一家子，组了一个团，在北海一家五星级酒店订了三个月的长包房。这样能拿到较优惠的价格，平均一天一个人的费用还不到一百元，吃住全在里面了。他跟我说，北海的气候比三亚好，三亚偏热，像是又过一个夏天；而北海，始终是十四五度，穿一件薄薄的羊绒衫，人也不出汗，完全是春天的感觉。这样的气候适合老人。过了年，老陆就八十岁了，但电话里的声音还像以前一样,听起来蛮清脆的,中气还很足。

二十多年前他从一个省直单位调来,和我做过几年同事。之前他一直负责一本党建刊物的编辑工作,业务能力很强,是这方面的专家。但他不摆老资格,说话做事都很谦和,因此有较好的人缘。退休后他出了一本新闻理论的书,很客气地找我写序。我说你是老大哥,而且这些文章也都在高规格的刊物上发表过,你应当请权威人士或相关领导来写才对。他笑笑说,你比别人了解我,可以写得更贴近些。我岂能拂了他的美意,也就遵命照办了。

老陆意志很坚强,据说五十多岁时曾得过一次重症,开刀手术后他自我修复得很好,再加上性格开朗乐观,很顺利地闯过了这一关。从单位退休后,他又被一家党史研究会的刊物请去,发挥余热,继续干了将近十年。那十年里他还是天南海北地到处跑,为这家刊物做了不少富有创建性的工作。

这几年倒是踏踏实实颐养天年了。冬天以外的三个季节,他基本在江浙闽鲁一带转悠,入冬以后他就结伴飞向北海银滩,去那儿享受暖意了。他年轻时就爱拍照,在朋友圈晒出的一些风景图,还真的都可以拿去参加摄影大赛呢。

小　唐

不久前收到小唐给我寄来的一幅荷花,饶有诗意的画被她精心裱在了一张红色的年历上。

她小时候就爱画画,十几岁迷上剪纸,剪山水花鸟,活灵活现的。母亲看到了,将她的这些剪纸作品寄到报社去,编辑也很喜欢,选发在了报纸的版面上。

再后来她到大学的美术系深造,系统地学习了中国画的理论。但毕业后她并没有做专业画家,而是去了一家新闻单位,做财务工作。她是一个很安静的人,这份工作比较适合她。下了班回到家里,她则伏在画案上,遨游于她的绘画世界。她专攻花鸟,拿过好几个全国性的大奖。十年间,她先后出版过两本在画界受到广泛好评的画集。而在单位里,她从来都不声不响,没有几个人知道她是画家。

她画得最多也最具神韵的是荷花,各种不同景致下的荷花表现着不同的寓意和迥异的情感色调。她在和我不多的几次交流中,不加掩饰地流露出对荷花出淤泥而不染的内在品格的认同与赞赏。她期望荷所象征的一种洁净,不只出现在画里,也不光只是一个人的心中所念,而能真正呈现在我们生活的每一个地方每一处场所。在当今这个物化的世界里,持这种想法的人估计不会太多。而一个试图通过艺术对生活说些什么的人,他(她)能做的,就是把心中的那份期冀用尽可能美好的画面去感染和感化周围的人。我认为小唐是一个这样的人。

她将儿子也培养成了一个画家。早几年这孩子还在一所大学美术系读研时,我请他画过一册《少年周恩来》的连环画。他几易其稿,画得非常认真。从这孩子的身上我看到了小唐的影子。

不久前听说小唐已从单位办了手续,提前退休了。她常常会到山里去,找一处民居住上一段时间,伴着山风林涛潜心钻研她热爱的画艺。隔些日子想去看看她这一段时间的新作。

2022 年 1 月 4 日凌晨于盱眙天泉湖畔

上一周，在天泉湖边走，还觉着风吹在脸上冷飕飕的，远处的田野似还笼在一片枯褐色里。就几天的工夫吧，怎么一下子就看到了那么多充满绿意的草和星星点点摇曳起来的杂色小花?!

小外孙参加了半年多的模特培训，说周六在南京江宁的一处商业广场有一个走秀活动。女儿打来电话，希望我们能去看一看。我们提前一天回宁。从新模范马路乘1号线，足足坐了十八站路，再加上首尾两段打车，用了一个多小时，才终于看到小外孙在T台上的风采。好多女孩子都穿了薄薄的纱裙，还有一些也都经过了培训的不同年龄段的母亲，在音乐声和不断变幻的背景图里，走出她们的娇艳和对生活的热望。

几天的活动安排得十分紧凑。周日晚去了幕府山下的五马渡码头，事先预订好的长江夜游，三代人在游艇上度过了一个色彩斑斓的夜晚。甲板上迎风而立、手臂频举的几位鼓手和船舱里围桌而坐、欢声笑语的一家家老小，那都是久违了的一簇簇人间烟火。

之后与大约有半年多没见面的一个老乡群群友约在一块儿喝了顿酒。八十多的任老从河西穿城而来，他的状态甚好，给家乡晚报开设的"闲品东坡"系列，文章已发到了第十篇。七十七岁的金先生早两个月已"阳"过，精神头这一阵不错，他编选的《女作家笔下的汪曾祺》，出版已有了些眉目，我们都为他高兴，手上的杯子也就多碰了几次。早年和我同在一家出版社工作的沈兄，退休后一直参加老年合唱团的活动，饭桌上他兴致勃勃地给我们普及多声部的知识，让我们知道了所谓大合唱并不是一群人凑在一起张张嘴那么简单。我感觉沈兄太有学问了，他每一次的发声和歌唱里，分明都找到了一种属于自己的特有的快乐。年轻时曾在上海警备区当过兵、在《朝霞》杂志上发过小说的于兄，周一到周五的中午和傍晚，他负责接送读小学五年级的孙子，讲起小家伙最近参加国际数学竞赛拿到了前十的优异成绩，他有点眉飞色舞，并不喝酒，脸也通红……餐后我们在酒店门前话别时，感叹春天真好，暖暖的阳光给了我们这些老人相聚的机会。

哦，我们还去了安德门，那里有个花卉市场。太太去挑了几种她喜爱的从寒冬里过来的不怕冷的花：两盆月季、一盆海棠、三盆姬小菊。我们不怕烦，带着这批花们，上上下下换了几部车，带到天泉湖边的这处院子里来，让它们在这儿的春天里绽放。更希望它们如花店老板所保证的，一定还能走过今冬，来年依旧芬芳。

许是连日劳累，那晚又吹了江风，回转后觉着牙齿疼痛，夜不能寐，于是去社区医院要求挂水。给我扎针的小姑娘，同她闲聊。

姑娘姓庄,1996年生人,是淮安卫校毕业的,应聘来社区已干了五六年。她先是做管家,后调来做医护。空闲时也去前台收费或到药房帮助配药。问她成家了吗?笑笑说没呢,男朋友还没碰上呢。这两年一波接一波得忙,经常性地连家也回不了。我跟她说,好了,这下总算消停些了。赶紧地,谈个对象吧,春天已来了。戴着口罩的她朝我笑笑,说,我努力吧。

三年了,所有的人一路走来都不容易。尽管春天从来没有失约,但真正让人放开手脚,还是眼下这个春天。所有的生命都应该动起来,用自己独有的光彩,表明我们没有辜负她的美意。

2023年3月9日于盱眙天泉湖畔

辑三

多少年后我还记得你在路上

你在扬子江上

风吹着你的头发

它们如旗帜飘扬

安静做最慢的事就好

　　在一本诗刊上读到诗人周所同的一首诗,其中有两句感觉特别好。诗这样说:"世界愈是喧哗愈是飞快/你就安静做最慢的事就好。"它让我想起身边的一些人和事来。

　　老友徐先生退休前是一家企业报的老总,业余坚持写作几十年了,发表的文章他一篇篇剪贴好,整整齐齐地码了两摞半人高。他写文史人物,写演艺明星,写生活散文,写思想杂谈,甚至对古今诗人专门写蔬菜瓜果的诗篇也肯花功夫爬梳品鉴。七十多岁的人了,每个星期都到图书馆里泡上两天,除了查找一些与写文章有关的资料,也为自己每每出炉的新作寻找发表的渠道。报纸副刊上一般会登出投稿的信箱,他不认识谁,很多时候稿子发出去便石沉大海,但他不气馁,坚持这么做,终将一些"门"敲开了。一回生二回熟,后来就有报纸编辑发邮件给他,邀他定期开专栏了。他每天都忙忙碌碌的,只觉得时间不够用。他跟我说,有生之年还打算把所写的文章分分类,出一套文集,印个几百本,送送亲朋好友。

周先生是我读大学时的同学,毕业后一直在一所高校教书。退休后他迷上了摄影,专门拍鸟,置办了一套很专业的行头。有一批同样投入的"拍友"常在一块儿切磋,也会三两个结伴一道出行。这是个一般人体会不到的苦活,有时为了抓拍某种珍稀鸟,得长途跋涉,车马劳顿,一会儿云南,一会儿陕西,可谓上得了高山,下得了河流。为了一幅精彩的瞬间,或站立,或下蹲,甚至匍匐在地,一两个小时那是家常便饭。但他在所不辞,乐在其中。朋友圈里时见其推送新作,许多鸟儿压根就没见过,的确让人开了眼界。

每日在我生活的社区门口出摊卖菜的小宋和她老公小王。他们的家在附近不远的镇上,家里有不到一亩的自留地,长着各种节令的蔬菜,还养了几十只生蛋的鸡。头几年小王在南京一家会议中心做设备保养工作,每月也能拿到几千块钱,但家里却一点儿都照顾不到,小宋一个人要对付三个还在中小学读书的娃。后来小王把城里的活给辞了,回来和妻子一块儿联手干。他们建了微信群,把养老社区里时常来买菜的大爷大妈全都拉进群来。哪家需要什么,只要在群里留个言,说个具体的时间,自己来取或给你打理得清清爽爽地送上门去。这个群有两百多人,每天各种菜肴的供应就够小宋两口子忙的。除了自家地里长的,有些有特别需求的还帮你到镇上去采购。小宋对我说,咱挣的是一点起早带晚的辛苦钱,图的是把三个娃拉扯到有朝一日读大学。

"世界愈是喧哗愈是飞快/你就安静做最慢的事就好",倘若每个人都能以这样的心态面对生活，不急不躁的，把自己想做、能做的事儿坚持着做好，那这个过于"喧哗"的世界或许也就慢慢安静下来。

2021 年 10 月 10 日于盱眙天泉湖畔

2019 年岁末，78 岁的诗人冯亦同先生接受了江苏演艺集团"大运河大型合唱交响音乐会"演出台本编创的邀约，随后花了半年左右的时间在大运河沿线奔走、采风，与作曲家唐建平先生通力合作，完成了一部大气磅礴的《大运河交响诗》。这台专题音乐会于 2020 年 9 月 30 日在紫金文化艺术节开幕式上隆重推出。此后根据相关领导的要求，又花了三个月的时间对演出台本进行了较大幅度的调整、修改。2021 年 9 月 22 日在苏州举办的第三届大运河文化旅游博览会上，《大运河交响组歌》再次唱响。这部千锤百炼、献给大运河的由朗诵与歌词交织而成的文本，是冯亦同一生所从事的文学创作中具有里程碑意义的作品。

2022 年，81 岁的冯亦同先生又做了一件事：他对自己六十年来的诗歌作品进行了一次特别严苛的筛选，精编了由 295 首各个不同时期重要作品组成的《扬帆三部曲》，第一部就叫《唱给大运河》。在这一部卷首诗的前面有一行这样的文字——"谨以此篇/献给我思念的故乡/——中国大运河/流过的小村庄"。

仿佛是一种前世的命定,诗人冯亦同注定了此生会与这条有着2500多年历史的长河相遇,并且发生后来的种种因缘际会。毕业于上海交大的他的父亲和曾经就读于南京女中幼师班的他的母亲,二十世纪三十年代分别在南京从事中学教育和学前教育。大他六岁的哥哥和大他两岁的姐姐都是在南京出生的。抗战爆发后的1941年,有孕在身的母亲随父亲回到大运河边的宝应老家避难。他父亲回乡后很快在水网深处的柳堡办起了"冯氏补习团",为当地的失学青年传道授业。稍后不久新四军东进,开辟了苏中根据地,他父母亲双双参加了革命。1941年10月出生的冯亦同,童年的记忆里更多的是河边的埠头、船舱和望不断的流水。他在1998年写下的一篇《无所不在的母亲》中有这样的描述:"所谓'家',也就是'妈妈所在的地方':枕套里塞着衣袜,网篮里放着碗筷;她的一双手是那样的无所不能,为我遮风避雨,为我驱病祛邪,为我安顿好每一个栖歇、玩耍和读书的场所。"父亲在艰苦斗争的环境里拼命工作,卓越的教学成果和为人师表的品格赢得学生及家长的尊敬与爱戴。1948年底宝应县城解放,他的父亲受命出任宝应县中学校长。不幸的是,由于过度劳累而引发疾病,1949年早春,正值壮年的父亲丢下他们母子几个含悲离世。父亲走的时候才44岁。冯亦同先生在晚年回忆父亲的文章中满怀感激地写道:"家乡人民没有忘记他,1995年柳堡乡将横跨在柳堡河上的一座新建双曲拱桥以父亲的名字命名为'立生大桥'。1997年宝应中学建校75周年,父亲的学生们捐资树立的一座铜像落成于校史展厅里。"父亲的过早离世,使得母亲柔弱的肩膀别无选择地扛起了全家两位老人和三个孩子的生活重担。只有8岁的冯亦同作为当时二分区干部子弟小学二年级的学生,跟随母亲所在的分区机关进入了刚刚解放的扬州城。他就读的小学是扬师附小,中学则是赫赫有名的江苏省扬州中学。在扬州古城,他生活了整整十年,直到1959年考入南京师范学院(今南师大)中文系。这里留下了他青少年时代许多美好的记忆,他曾有专文《梦回校园》和《大哉扬中》记写他在这两所学校度过的十年岁月和一些难忘的人与事。

就如同绵绵不绝的大运河的流水,对冯亦同先生的一生产生重要影响的是他那位称得上伟大的母亲。她是我国学前教育奠基者陈鹤琴先生的早期弟子,自投身革命后,数十年如一日服务于新中国的幼儿教育事业,被公认为是苏北和扬州地区学前教育事业的开创者和播种人。她身上所表现出的奉献社会、牺牲自我的慈爱心和坚韧性,深刻影响着包括冯亦同在内的三个子女。冯亦同的哥哥冯大同15岁在扬州中学读高一时便报名参军,奔赴抗美援朝前线,三年多后复员回转继续高中学业,尚未毕业再次响应祖国号召,报名去徐州煤矿参加工业建设;冯亦同的姐姐冯怀同在南京工学院(今东南大学)机械系毕业后,被分配到北京钢铁研究总院,后来成为我国钢铁研究事业成绩突出的佼佼者;冯亦同自己大学毕业后做过十八年的中学语文老师,而后在南京市作家协会做了二十多年的组织联络工作,把全南京的作家和诗人拢在一起,为繁荣当地的文学创作做了大量富有成效的工作。冯亦同在文章中这样评价母亲对他的影响:"我失去了父爱,获得的是双倍的母爱。这双倍的至爱亲情里，包涵着我今生一切美好情感、品行、理想与创造力所能够产生和激发的真正'基因'——母亲的哺育和教诲之恩，她对于我人格塑造和个性形成所施予的影响，远远超出了我少年时期短促又狭窄的视野。"冯母在 90 岁生日（1993 年）时出版了她的 18 万字的回忆录《烛光》，她在苏北文教界的同事、后任扬州文联主席的著名作家丁家桐先生读到此书后，深有感触地说："《烛光》是一部使天下儿女灵魂得到净化的书，是一本打开扉页便见到光明的书。"2000 年夏天，给了冯亦同"哺育和教诲之恩"的母亲，以 97 岁高龄离他而去。根据其遗嘱，她的骨灰撒入流经其出生地——高邮王营镇（今属宝应县）的子婴河中。曾经的同事、学生和亲友，几百人为她送行，将拌和其骨灰的鲜花花瓣，一掬掬撒进了那条缓缓流淌的仿佛映照出母亲童年身影的子婴河里。

"你随流水去了/告别泪花洒落的河面/你随寒风去了/眷看长河蜿蜒的堤堰/你在天边呼唤/却只听见逝水长叹/盼你回来/盼你随白云回/去看流水悠悠的河面/盼你随长风回/寻回似水流年……"这段词牌为"望春风"，歌名为《等你归来》的歌词，录自冯亦同先生两年多前创作的《大运河交响诗》。我感觉这些催人泪下的句子，是诗人写给自己母亲的，当然也是写给像母亲一样慈祥和温柔、坚定和勇敢的大运河的。他把对母亲充满感恩的深情献给了他心中源远流长的大运河。

2022 年 9 月 18 日凌晨于盱眙天泉湖畔

吴老师走了,我敬爱的吴老师走了,从 1978 年的春天一直叫到现在,叫了四十四年的吴老师走了。我含着泪水写下这句话,我在心里一遍遍地叫老师,我希望老师能应答我。可是没有,他听不见我这个老学生的呼唤了,老师真的走了。

昨夜赶一篇稿子,今晨起晚了,我是上午九点才获知这一噩耗的——吴老师的爱子剑飞于北京时间 6 点 33 分从美国洛杉矶给我发来这条讣告,我九点左右才看到。我不敢相信,不愿相信。也就在十天前,4 月 17 日剑飞跟我通了近一小时的电话,说到他父亲第二次入院治疗的情况,讲现在基本已经稳定了,脱离危险了,让我务必放心。那天剑飞打电话找我,还有另一件事:一年多前,广东高等教育出版社为吴老师出了一本名为《妈妈的孤独》的散文集,最近中国作协要求各地申报鲁迅文学奖的参评作品,该社选了这本书。有些申报材料需要作者配合,包括提供书中所收作品的发表报刊和时间,还有本人的签名等。剑飞对我说:"这事我爸现在办不了,你对他最了解,就劳驾你辛苦了。"根据剑飞的要求,我很快联系上了广东高教社的总编辑黄红丽女士。她和我通了电话,讲了那一年吴老师去广州参加他们组织的一个会,她去机场接站,认识以后他们之间的一些交往,等等。感觉得到这位黄总编对吴老师非常敬重,稍后两日她还给我发来了她亲手制作的一个小视频,是一首粤语歌曲《凤凰山,山外有山》,配着一幅幅生机盎然的青山绿水,她说想以这样的方式为吴老师祈祷生命奇迹的出现。我很感动,向她表达了心中的敬意。也在这几天里,我配合黄总编做了吴老师这本书申报鲁奖的材料准备工作,她在签字申报后还特地发了微信告知我。

原谅我此刻的思绪比较凌乱,请允许我把时间的卡带再往前倒一倒。今年的 3 月 2 日,我在朋友圈转发了吴老师当天在《扬州晚报》上发表的一篇文章,然后截了图给他。一般情况下我给他的信息他总会及时回复,而这次没有。开始几天我没在意,以为他在忙一篇大稿子而无暇应答。到了 3 月 18 日我有点坐不住了,连续打了他手机几次,结果是他女儿敏子接听的。这才知道自 2 月底以来吴老师所经历的患病以至多日昏迷和实施抢救的一些过程。敏子告诉我,因买不到机票,她从深圳连夜开车,用了 20 个小时赶回扬州的。哥哥在美国回不来,母亲身体也不好,只有她能顶上来。她在医院陪伴了父亲多日。敏子说吴老师现已闯过了这一关,身体尚在恢复中,估计 3 月底能出院回家。可惜我在盱眙天泉湖养老社区,交通切断,已无出走的可能,否则我会立马前往探望。

4月1日中午,收到了吴老师出院回家后第一时间给我发来的微信,我很高兴,嘱他一定好好养息一段时间,以让元气恢复。他复我笑脸,"谢谢关切"。一直也在关注着吴老师身体状况的《泰州晚报》翟明总编辑几乎在同时得到了他出院的消息,遂在"坡子街作者群"里予以发布,群友们无不为吴老师的康复而欣喜。4月2日,"坡子街"适时编发了我在得知吴老师闯关告捷后而写下的《八十岁的敏锐与精准》一文,我理解,那是翟总编对吴老师的一份敬重和对他学术生命的一种礼赞。当日中午我把这篇文章的公众号推给了吴老师,他稍后以握手和抱拳的表情向我致意。我想吴老师是看到了学生的这篇文章,我有一种欣慰。

又过了半个月,直到4月17日我与吴剑飞通话,才知道吴老师又经历了一次生命的重创。我满以为他会重整旗鼓,战胜病魔,和热爱他的学生们、朋友们再度聚首。去年12月15日,我的同学王正宇在扬州请吴老师吃饭,我也从南京赶过去,那天晚上吴老师喝了不少的酒,状态非常地好。那篇后来发表在《中国社会科学报》上的《人民的自我书写——从茅山馄饨店说到"坡子街"现象》,是他那天晚上重点展开的一个话题,我们几个听得都很激动。吴老师说过,一定要去泰州参加"坡子街"举办的相关活动,还想去常玫瑰开的馄饨店里,吃一碗她亲手包的馄饨。

吴老师一生所从事的散文研究工作和他写下的若干散文作品,最大的特点我以为是始终持一种与社会、苍生的贴近,他多次在文章中强调文学的人民性,他说自己本就是农民的儿子。

从今天下午开始,我所居住的这片区域的天空一直在下雨,如同此刻我混沌不宁的内心。老师还曾答应过我,要和师母一道来这儿,看看他的另一个学生用心打造的这方小小的菜园子。我在雨中的棚子下坐了许久,脑子里一幕幕的都是这几十年里吴老师和我交往的一些情景。

老师的灵堂今夜我去不了了,我翻开了老师签名送我的这本《妈妈的孤独》,我在心里体会着老师从今往后将置身的那些孤独……

2022 年 4 月 28 日夜于盱眙天泉湖畔

陆文夫先生当年有句名言，叫"文学岂能无酒"。

爱酒的文人可以举出若干。许公少飞先生估计能算一个。

我的一些片段记忆，时间上可能较早了。不知道后来这些年，许先生的酒喝得怎样。

二十世纪八十年代中期，我在江都做过几年文化局局长。当时江都还是县，也还没有成立文联，故而文艺界的一些名人到访，一般由文化局出面接待。许先生是扬州市文联的副秘书长，主管作协工作。重要的作家来扬州，大都由他张罗接待事宜。蒙先生不弃，时常会想到领客人们来江都走走。我和许先生熟悉较早，他办的《春水报》以及后来的《扬州文学》都曾发过我的诗稿。他长我近二十岁，跟他相处有一种父兄的感觉。

记得许先生自己写过文章，讲他与汪曾祺先生的交往。最早的一次便是 1986 年秋天，汪曾祺、黄裳、林斤澜等受邀来南京，而后到的扬州。其间,许先生安排客人们做了江都半日游。那日中午饭后,我和同事们早早地在江都引江水利枢纽的门口候着。他们一行开了车来,印象中有七八个人。在引江逗留的时间不长,事先请好的人来做了个介绍,上上下下地跑了一圈,之后便赶下一个点——去了曹王林园场看花、看苗木。这个过程要细一些,来宾们,包括汪老也都饶有兴致地边看边问。应当说这个点比较对得上作家们的胃口。看完了花木也近黄昏了,一干人等回到江都县城吃饭。酒桌上,汪先生喝得比较尽兴,黄裳好像也能喝两杯,林斤澜先生没怎么喝。而与汪先生能论个高低的,也只有少飞先生。他不仅能喝,还尤善辞令,一套一套的,引经据典,桌上的气氛叫他搞得活跃了起来。关于这次酒事,我的好友金实秋先生早几年编写的一本《泡在酒里的老头儿——汪曾祺酒事广记》(广陵书社 2017 年 4 月版)里有较翔实的记载。

此外,老作家柯蓝先生两次来江都,也都是许先生陪同的。柯蓝先生那两年为中国散文诗学会在各地筹建分会四处奔走,而在扬州落地的构想,许先生给了他很有力的支持。他不光搭起了组织机构的架子,和江苏省分会、南通市分会、无锡市分会等有了上下、左右的联动;而且还通过《扬州文学》《扬州日报》副刊等平台,发起并推出了一批散文诗作者及作品。许先生此前一直都有写诗,那个阶段他也带头写起了散文诗。柯蓝先生来江都看我(之前我们已有了多次信件往来),到江都中学做关于写作的报告,到樊川镇给文学社团做讲座等,所有的活动许先生都自始至终地陪着。柯蓝先生虽为湘人,但不善饮酒,喝一杯便会脸红,所以对许先生的酒量他是佩服之至的,评价他是“斗酒诗百篇”。

记忆中,后来我调来南京与我成为特别要好的师友的冯亦同先生,最早也是在扬州和江都的某一次活动中,由许少飞先生介绍认识的。因此我和冯先生在一起的时候也会时常说起少飞先生,讲他的诗和文章,当然也讲他的好酒量。2012年9月,扬州富春在南京月牙湖畔开了一处同名酒楼,开业那天,总经理徐颖宏盛情邀约两地的一批作家、文人聚会。在那个饭局上我见到了许先生,他老当益壮"拎壶冲"的姿态令我难忘。

还有一次,应当也是好几年前了,某一个冬日,我回扬州,特意去看望了许先生,在市五中他的那处老房子里。我是突然造访。去的时候,他正准备用晚餐,桌上摆着很讲究的酒具,他正在温酒,一字一板地做着饮酒前的准备工作。这个镜头给我印象极深。虽然是自斟自饮,却很注重仪式感。这其实是一种对待生活的热情,表现出一个文人优雅的生活姿态。

(许少飞先生,扬州文史专家、园林专家,2021年8月20日因病辞世,享年86岁)

2021年8月23日晚于南京

十多年前写过一篇《选家金实秋简记》，此番再记，拟写一些先前未说到的内容。金先生年轻时，同我们一样，也是从文学创作出发，写过诗歌、文学评论和戏剧，有过这方面的结集。大约到了四十岁左右，他逐步调整治学方向，开始走一条博览群书、沙里淘金的编选家的路子。历经三十多个春秋，这条路被他走出了自己的特色与风采，经他之手编选出版的各个类别的选集已有了三十多部，铺展开来是十分壮观的一幅景致了。

早在二十世纪八九十年代，他就将较多的精力放在对中国传统文化瑰宝——楹联的搜集与整理上，编出了十几部关于楹联的书，包括中国名桥联、三国名胜联、现代华僧联、古今警联、五百年传世书斋联等。其中 1997 年由宗教文化出版社出版的《佛教名胜楹联》（由赵朴初、陈立夫题写书名）在联坛引起很大影响；赵朴初先生生前对此书钟爱有加，称编选者做了件功德无量的事。另一本《古今戏曲楹联集》，则得到了汪曾祺先生的青睐而欣然为之作序。上述这些联书大都是公开出版的某一门类的"第一本"，有开创性的意味。联界专家常江先生认为它们具有填补空白的性质和作用。

进入新世纪以来，作为一名有眼光的编选家，他侧重在以下两方面钩沉爬梳，进行深耕细作。一是围绕食物做文章。金先生认为食物的记忆往往通向人类最深的情感，而对食物的思考则表现出人类最高的智慧。他潜心揣摩，开发了一些与百姓（一般读者）的欣赏趣味能够引起共鸣的选题，精编出版了《文人品粥》《文人品豆腐》《百家美文话豆腐》等受到欢迎的图书。2021 年由湖南文艺出版社出版的《蔬食记忆》，实际是将其原先编就的四本小册子再度筛选后做了集中展示。金先生最初是把现当代作家写萝卜、写瓜蔬、写豆子、写野菜的美文，分别放在四个"筐"里的，由此可见此前他为这部后来的精选本所付出的辛劳有多大。

二是在乡情的发掘上做文章。金先生是高邮人，一直有着浓厚的故乡情结。"古有秦少游，今有汪曾祺"，对这两位杰出乡贤的研究与推广，他可谓不遗余力，做了大量可圈可点的工作。二十世纪八十年代他就编选过被词学家吴调公教授称为"填补了古典文学研究一项空白"的《秦观研究资料》；2014 年他和高邮时任文化局局长黄平共同编选了大部头的《淮海清芬——书画秦少游诗词》，海内外诸多书画名家关于秦少游诗词的作品几乎被"一网打尽"。而对汪曾祺的研究则更为丰厚，由金实秋任主编或撰写的专著已近十种。这两年新出的《泡在酒里的老头儿——汪曾祺酒事广记》《菰蒲深处说汪老》均为汪迷们所关注并受到热捧。新近编就待出的一部《以心会心——女作家笔下的汪曾祺》,收录了铁凝、宗璞、张抗抗、张洁、王安忆、舒非、范小青、韩小蕙、季红真等六十多位女作家怀念或采访汪先生的文章。这么多女作家同写一位作家,这在现代文坛大约是绝无仅有的。在众多已经出版的关于汪曾祺的书中,金实秋的这个选本无疑是别开生面、独树一帜的,相信有它不可取代的研究价值。

我和金先生交往已有二十多年了,对他严谨而扎实的治学精神有着切身的感悟。2008年前后,他曾受邀与老诗人冯亦同先生一道为我主编过皇皇四大卷《珍藏中国节》(即春节、清明、端午、中秋各一卷)。那是我在新华报业集团图书编辑出版中心工作时,根据有关领导的要求策划的一个图书选题,当时请了冯、金两位先生领衔主持。在几个月的时间里,他们日夜忙碌,利用网络、图书馆和家藏的图书资料,按选题设计的编选要求,做了大量的案头工作,最终编成了这套出版后受到业界广泛好评、确有收藏价值的优秀图书。

再一个令我难忘的事例是,2009年夏天我陪金先生一道去了趟"豆腐之乡"——安徽省淮南市。他们那儿每年要举办一个"中国豆腐节",我们想把金先生编的一本《百家美文话豆腐》同这个节挂上钩,同时也寻找一些出版经费上的支持。这件事最后是做成了,但其间所经历的酸甜苦辣也只有我们自己最为清楚。

我特佩服金先生身上那种不声不响的韧性与执着。编那么多书,除了开阔的学术视野和对各个门类及各种不同风格作家、书家、画家的兼收并蓄,更多的是那种日复一日、不厌其烦的查找与寻觅。一部书稿的背后往往有许多不为人知的艰辛与不易,成稿在几个出版社之间较长时间地旅行、逗留,几年的辛勤劳动最后打了水漂的事也是常有的。金先生做过南京博物院副院长、南京中国近代史遗址博物馆副馆长。他不光兴趣广泛、博学多才,而且做事情特别细致,有一般人做不到的那份耐心。所谓世间事怕就怕"认真"二字,金先生的认真,每一位和他打过交道的朋友大约都有同感。

2022 年 10 月 17 日夜于盱眙天泉湖畔

那天见到张子麟先生，莫名地感到亲切。他的形象酷似我的一位表叔——在我少年的记忆里，就有这么一张慈蔼的面孔。子麟先生后来同我讲话了，声音居然也很相像，浑厚里透着宏亮；特别是笑起来的时候，也那么坦荡、爽快，而且干净，好像所有生活的杂质都被过滤掉了。我知道这是人和人之间的某种磁场在起作用。有些人是可以让你一下子便接受，并很快成为相互走近的朋友。

子麟先生长我七岁，但经历却比我要丰富得多，或许也坎坷得多。1967年他高中毕业，这就比我好，学校里的书他读进去了，没有被耽误太多。对他而言，这一生一些基础性的东西，或就是那段读书生涯所赋予他的。之后的命运其实也就是国家的命运了，渺小的个人无法抵抗和摆脱他所对应的那个时代。他去乡下插队，做知青，经历了和他同时代的青年学生一样的苦。他写过一篇《挑河》的文章,那里面所描绘的一些细节,今日读来,依旧让人震撼。后来他跟着别的知青去了安徽铜陵,做钢筋工,依旧是餐风饮露的生活;再后来到社办厂做钳工,生产轴承,光做出来还不行,还得想法子卖掉。所谓产供销一把抓,他成了那个年代最早的一批"下海者"。通过朋友的关系,他在大上海寻找到落脚点,开始四处推销自己的产品。不过,在饱尝生活艰辛的同时,他也收获了特殊年代里那种人间温暖的友情,和上海一个家庭几代人之间的交往一直绵延至今。1977年他在同学的鼓励下参加了高考,并被一所大学录取。但由于哥哥姐姐早已大学毕业留在了他乡,而在这个节骨眼上,镇领导又特地上门给他母亲做工作,希望他能留下来去一个企业上班。母亲心中眷儿,当然也有此愿,他只好听了母亲的话,和那所大学便也失之交臂了。在我同子麟短暂的交流中,能够感受到他是一个悟性特别好的人。他把坚持不断的学习糅杂进具体的工作实践中,后来走的人生之路,虽然辗转过几个不同的场子,舞台也是慢慢由小变大——从主抓一个企业到担任镇上的分管领导,再到相对专业同时也是更高层面上的工业和经济主管部门,他总能一步一个脚印地走得很稳健,而且在不同的岗位上也都做出了若干年后人们谈论起来依旧还能摆得出的几件像样的事儿。我们说,一个体制内的干部,能被后人这样认识这样评价,我以为也就功德圆满十分了得了。

当然,几十年来,子麟先生为地方各路贤达所熟知并称道的,除了他谦逊的为人和实诚的做事,再就是他还身怀一门绝技。据有关资料介绍,他自幼便从父辈那儿学习书法、金石、竹刻等中国传统艺术,无论生活怎样变迁,他对这一门的钻研始终没有中断。

尤其在竹刻艺术上，他所精心塑造的作品，已被公认为是国内一流水平。早在二十世纪九十年代，他就被联合国教科文组织和中国民间文艺家协会联合授予了"民间工艺美术家"的称号。以后他又被认定为"扬州竹刻"非物质文化遗产的代表性传承人。不久前读到一篇子麟的忘年交写他这方面才艺的文章，说到他在南京举行作品展时，有记者问他，那么窄的一块竹片上是怎样雕出那般细小却又神韵四溢的字来？执刀的时候要不要另一只手拿着放大镜？子麟面对记者笑了，显然这是一句门外汉的提问。刀在子麟的手上其实仍是一支笔，笔起笔落，字里行间，凭的全是多年生成的一种感觉，那是由内而外的生命气息借助手中的刻刀在做吞吐和运行。外人甚至看不出刀的游走，但一支烟的工夫，一幅近百字、笔画交代得清清楚楚的书法作品已然在竹面上现出真身了。在这个过程里，刻家虽然也会有抬头、闭眼、稍作停顿的间隙，但这种情态就好比长跑运动员跑动中对自身运动节奏的调整。在整个刀锋运行的轨迹中，包括停顿在内，应当是一个相互连贯一气呵成的整体。我尚无机会就竹刻艺术的相关问题请教子麟，但从他给我的一张三折册页所展示的几幅扇骨和竹搁作品来看，他有着极其扎实的书画功底，而刀法上的稳当与老到，则能看出他的久炼成钢。他对世事的洞察，甚至人生态度上所持的宽容与通达，也都在他刀走龙蛇的布阵里传递出了一二。

对子麟先生有更为具象的认识，是读了他近几年在微信朋友圈里所发布的一些文字和图片之后。尽管这种方式本身有一定的局限性，但对于这个人的所思所想，他所关注的事物，以及他情感的表达方式，等等，应当说能有一个大致的轮廓式的了解。首先,我感觉到他是一个对生活充满热爱的人——他在自家屋顶的菜地里种山芋,对突然光临院宅的一只从未见过的异常美丽的雏鸟表现出极大的兴趣和依依不舍的牵挂;他受邀为幼儿园的老师讲书法课,每一课都很认真地提前备课;与好友同去高邮,他对汪曾祺笔下的"大淖"在深入探究后写出了饶具情趣的寻访笔记。对大自然里的美,他有着艺术家所特有的感应之敏锐和表现之细腻——小院子里的石榴,梅雨季节里的池塘与河流,小区里新落成的公园,记忆里儿时端午节的种种食物,无不在他笔下跳跃出各具神态的风姿。

从他的文字里还能较为真切地体悟到,他对故旧的倾心与看重。一位老友过八十岁生日,他自撰贺联相赠,深情厚谊尽在墨中;中学同学给老首长写字,缺少相配之印,向他求援,他翻箱倒柜遍寻家藏,觅得一方内蒙花乳石,全力为其制印……

更让我为之敬重的,是他在灾难面前所表现出的一种超乎常人的坚强。三年前的一个冬日,他唯一的爱子因工作过度劳累而不幸英年早逝。白发人送黑发人,这样的大悲大恸没能把他打倒,擦干了眼泪,一个七十多岁的老人重又站在了生活的面前,他带着微笑,照样对孙女的写生画发表他的看法,照样在书案上坐定,操刀刻起了他的竹刻……这是一条真正的汉子,他内心的强大与饱满,足以令他的作品流传后世。

2021 年 12 月 8 日凌晨 1 点 58 分于盱眙天泉湖畔

南京是我迄今为止生活得最久的一座城市。从我三十三岁那年，因工作调动举家来到这儿，不觉间已度过了三十五年的岁月。

一个人的生命长河里，三十五年大约算得上足够漫长了。今日，当我坐在窗前，闭目凝神，回首过往，试图从这段属于我的历史长河里打捞一些曾经发生过的事件，有意思的是，在我涌动的脑海里凸现的竟是散落在这座城市的几处地标——它们分别是我居住过的地方，某一段时间一家三口的容身之所。在那个特定的时间段里，我和不同类型的朋友或者邻人因为种种缘故在那儿有过交集和互动；后来搬家了，离开了，那儿的街道、树木，包括曾经留有我们气息的住所也就在时空上与我隔断，不再有太多的瓜葛。这个世界每天都在发生着变化，只有我自己知道，某年某月，在那片天空之下曾经有过我出没的身影，烈日中或雨天里，我奔走时迈动的那双脚步。

　　我来南京后的第一处落脚点，是位于城西的南京艺术学院招待所。当时上班的地点在北京西路70号省委大院内，从南艺出大门穿过一条南北向的马路，借天津新村大约几百米的一条道，由省委后门进入不远处的72幢楼。花在路上的时间，走快点，总在十多分钟。招待所有一幢不大的两层小楼，人们叫它"刘海粟楼"。说是有一年刘海粟先生（他是南艺的前身上海美专的创始人）曾表示要来南京住一段时间，省里有关领导和南艺的领导商量，遂建了这座小楼。后由于种种原因，刘海粟先生实际并没来住过，而这幢小楼在空置了一段时间后被拿来作为招待所对外出租使用。我租了一个小单间，里面有两张床，中间放了一张书桌，设施比较简陋。开始几个月，我一人居住，后来爱人带着两岁多的女儿来了，顿显局促。我有不少书报刊，白天一般堆放在床上，晚上睡觉时就得挪到桌子上去。小楼前面有块蛮大的草坪，偶尔能见到南艺的学生在上面踢球。女儿那会儿也才刚会走路，一不留神，她跑到楼下看人踢球去了。我们在南艺大食堂买了饭菜票，排队买饭时人多，有好几次突然发现小家伙不见。女大学生喜欢她那张伶俐的小嘴，她跑人家饭桌上玩去了。南艺校园最早的地址叫作黄瓜园，听来颇觉亲切，能想到这块土地上早先耕作的农人。我二十世纪八十年代中后期住那儿的时候，学校里的建筑不是很多，大门也只有一处，是朝着城西干道开的。有两次出差我要赶早班车，天还没亮，传达室的大爷叫他不醒，而我急着出门，只好找来一张椅子爬了墙头出来。女儿十八岁那年考上了南京艺术学院国画专业，陪她去报到的那天，我还特地去老校门一侧寻那间小卖部，小时候她跟着我常在那儿买一种听装的午餐肉吃。可惜小卖部已不见了踪影。

有一位当时在古籍出版社做编辑的大学同学来南艺看我，见我们三人挤在一间斗室，生活多有不便，便托人在城南大光路上联系到一套两居室的出租屋。那是一处部队干休所的房子，要的租金也不高，我们也就很快搬了过去。这一住便是五年。住的空间变大了，人自然是舒适多了。但每天用在上班路上的时间要一个多小时，先骑一段自行车，然后搭乘公交。中午在省委食堂吃饭，或与单位同事到附近的小饭店吃碗小煮面。大光路距夫子庙不远，休息日我常带着女儿去那儿逛一些景点。夏日的傍晚，骑车去大中桥上乘风凉，那儿有一个专做煮螺蛳的老人，摊子上生意贼好。爱吃辣的太太总会拎一小袋回来，有滋有味地嘬上半天。在夫子庙某条街上的钢琴专卖店里，我看中了一款"白俄罗斯牌"钢琴，记得当时的售价是 5100 元，我用写文章一点点积攒起来的稿费将其请回家来。也为女儿专门请过一段时间的钢琴教师，可惜未能坚持，让那台钢琴终究成了家中的一个摆设。我当时做一本青年杂志的编辑，因此结交了不少作者朋友。那时候尚不流行去饭店待客，有作者赶上饭点来，一般去住处不远的卤菜店，剁半只鸭子，买几副"鸭四件"，再弄几瓶啤酒。有一位朝鲜族大娘，推一部平板车，每天傍晚来小区门口吆喝她拌的凉菜，口味不错，也会顺手买些。她做得最好的是腐竹，白生生的，软硬度恰到好处。至今还偶或念起那道小菜和见人总一脸微笑的大娘。那一阶段交的作者朋友，有一些到现在仍有联系。比如老罗，当时在江北的陆军指挥学院做学员，给杂志投稿很踊跃。利用星期天,他花两个多小时倒好几部车来大光路看我。一早出发,在我那儿吃了午饭再往回赶,回到学院天已擦黑了。后来这些年我们常在一块儿聚,他总跟我情真意切"忆当年",还夸我太太的厨艺有一手。

五年后调了新单位。再一年多,搬了家,从城南来到城北,在福建路上有了一处不再是租用的房子。女儿也转了学,有了新老师和一批新同学。新家的楼下是很有些历史的粮食学院(后来改名为财经大学)。校园里的操场我常入内溜达。经过一些教室时,见日光灯下安静晚自习的学子,不由唤起自己读书年代的种种记忆。女儿小学毕业后考上了设在大厂区的一所外国语学校。每周一的早晨我骑车或步行送她到盐仓桥的公交站上车,周六的傍晚则会过大桥去学校接她回家。有一年三月倒春寒,天降大雪,那一天正好我在国外,担心女儿会冷的母亲一夜未眠,天没亮就打了辆车把被子给她送去。那几年我在出版社主持一本杂志,有一些人物采访的稿件我得自己动手。白天有较多事务要处理,写稿子常常就放在夜晚。好几次挑灯夜战,搁下笔来发现窗外已是满天晨曦。福建路住了将近十年,一条街上有些什么门面,甚至老板姓甚名谁有几个孩子,约略都还能记得起来。印象中,"沙县小吃"最早在南京出现是二十世纪九十年代中期,福建路上的那家,一开业我们就去捧场。有一种扁肉馄饨,肉馅是用刀背一记记敲出来的,食之富有弹力。因了对"沙县小吃"的好感,有一年暑期我和太太居然专程去了一趟福建沙县,实地感受那座小吃之乡的人文风情。

一度传闻福建路上的那处住宅将面临拆迁,于是痛下决心贷款(因此过了好几年的苦日子紧日子)买了黑龙江路上的一处房子。经人介绍找了一个小工程队,"半包式"的装修让我们也跟着脱了一层皮,入住后发誓今生再不买房,当然也更不装修了。因年龄的关系,尤其是在退出工作岗位之后,我将更多的目光投在了生活周遭的一些普通人身上。电梯里每天可以遇见的保洁员阿姨、小区门岗那几位轮流倒班的保安、负责物业和水电维修的师傅们,都成了我采写的对象和经常聊天的朋友。菜场里卖鱼的、理发店的老板娘、修脚的河北籍夫妻、街对面包子店一早忙碌的安徽父子……我利用和他们接触的机会,了解他们不同的身世,观察和研究他们对待生活的态度。所谓观人间烟火、唱百姓万家,我为自己能采集到一些原生态的星星点点而心生一种特别的欣喜。当然也会出去走走,山呀水地看了一圈回来,还过那种一日三餐、楼上楼下、脚踏实地的寻常日子。居室的大小已不再看重。有一间书房、一张条桌、一盏藕荷绿的老式台灯,便觉足矣。当然,人要有几个朋友,彼此能懂的朋友。能一道喝喝小酒,但绝无任何功利色彩,就是在一块儿说说话而已。说完了,喝过了,把手拉拉,然后各自回家。第二天醒来,或就写写昨晚那个也有了几分微醺的老友。

于我而言,一处地标也就意味着一段不短的生命史。在这座城市一个不起眼的角落,我生活着,思考着,奔走着——如同我的属相一匹马一样。

我始终认为,城市是了不起的,她一直山峰般地屹立着、存在着,而人却一代代地轮换与更替。没有人可以长生不老。每个人在城市面前都是过客,都留不住,会走的。

我很幸运,我和这座伟大的城市今生有缘,她收留了我,包容了我,给了我不同年代的快乐和荣光。苏芮有一首歌《我拿什么奉献给你我的爱人》,每每听着我会生出一种浓浓的愧疚,我是说对南京,对我已然生活了三十五年,而且还将继续生活下去的这块地方。她给予我的,终还是太多,而正在一天天老下去的我,却不知拿什么回报给她。

　　　　　　　　2022 年 7 月 8 日凌晨于盱眙天泉湖畔

几天前,徐廷华先生给我发来他在 5 月 25 日《中华读书报》上发表的《"缝工"张昌华》一文的电子版。我由衷地为他们高兴,二位都是我的好友。廷华兄今年七十六岁,昌华兄已七十八了。廷华写昌华,全用事实说话,讲他先做"孩子王",教了十八年的书;而后大半辈子做"缝工"(张昌华自嘲之辞),当编辑,编了一大批受到读者欢迎的好书;退休后,自己也致力于文化名人的系列写作,出版了一批在学界产生较大影响的专著。徐文从二十世纪七十年代后期同昌华相识开始写起,一直写到当下,饱蘸深情的笔触,忠实记录下一位资深文学编辑,在有"文学之都"之称的这片土地上辛勤劳作的身影。

不光是这一篇,我注意到,徐廷华这些年来写了一大批生活在南京(或与南京有过瓜葛)和他同时代(或早于他)的老作家、老诗人和老编辑。这批老人有的已经过世了,健在的也大都进入了耄耋之年,但二十世纪五六十年代、七八十年代,甚至更晚一些,他们都曾经在这座城市的天空之下,或以创作优异而引人注目,或以推举新人而备受拥戴。但作为地域的文学史,不一定会记下他们的名字,或即便能带上一笔,也是简而又简的。因此,窃以为需要有人来做这样记录性的工作,它不是笼统的、大而化之的,而应该是一些具象的文本,是有血有肉有细节支撑的人与事的实录。它的价值在于,可以再现某一个历史片段,反映某一场重要的文化(文学)活动的主事者、参与者,或某一部有影响的作品问世的前后关联,等等。然而,实际情况是,这些当事人基本已垂垂老矣,因为年龄或健康状况,他们大都退至幕后或已极少发声。徐廷华先生的可贵之处恰恰在于,并没有谁来赋予他这样的使命,而他却抱着一种对文学之都建设的热爱,和对文学的一种近乎执着的忠诚,在近十年里做了这桩无疑具有意义的记录历史的工作。我大致了解了一下,他写过的老作家、老诗人(词人)有这样一些:萧军、袁鹰、孙犁、冉淮舟、韩映山、高晓声、方之、艾煊、石英、姜克强、俞律、冯亦同、林震公、李克因、朱光第、杨清生、解华、卢咏椿、张震麟等。写过的包括报纸、刊物、出版社等方面的老编辑有:赵力田、王劭(笔名高凤)、张昌华、叶庆瑞、吴野、王德安、蔡之湘、曾传炬、杨光中、张慕林、陈乃祥、汤淑敏等。他们当中除了少数几位是南京以外的作家,更多的是和他有过较多接触,或在写作上给过他帮助的本土的作家、诗人与编辑。廷华的这些文章侧重写了与他们交往中的所知、所感、所悟,应当说较好地传递出了被写者的性格特征,或各自作品的一些主要特点。而由于他所记述的这批人在特定时代所处的特定岗位,或他们笔下那些曾经产生过影响的作品,则一定程度地构成了南京这座城市特有的一道风景线,它不仅属于文学,同时还是若干个体生命生动而具象的折光。

我想,一部关于某座城市的文学史,一定涵盖不了大大小小的作家、编辑在这座城市围绕文学所展开的各种有形或无形的活动。它需要通过多种的样式来补充、丰富和完善,它需要记录下不同年代所出现的那些与文学有关的身影。七十六岁的业余作家徐廷华老人很用心地做了这份或许并不属于他分内的工作,我为此对他生出一种特别的敬意。

2022 年 6 月 3 日于盱眙天泉湖畔

创办于1953年1月的《江苏青年》杂志(1984年更名为《风流一代》)已走过了七十年的办刊历程。二十世纪八九十年代,我曾在那儿工作过五年。

——题记

那时候的杂志社大约二十人,除了正副总编,还有一位资格挺老的社长。所谓麻雀虽小,五脏俱全。有一位专职摄影、两位美编,行政、财会、驾驶员等,也都不缺。当然大头还是采编人员,设有两个编辑室,实行单、双月轮值。这里面年轻人居多,科班出身的占到大半;少数几位是从企业或机关共青团岗位上选拔来的。我调来之前在基层干过,和各色人等打过交道。这样的工作环境,于我不难适应。没用太多的时间,便也就较好地融进了这个集体。

我做过一段时间办公室主任,每日处理一些日常杂务。每个月的杂志出刊后安排人员装信封,去邮局办理寄送业务。到团省委、职称办帮几位编辑跑职称的评定,也曾上门请来高评委。才去不久,领导安排了一趟美差,带一个同事去广州催一笔广告款。飞到那儿晚上十点多了,住的旅馆楼下还闹轰轰的,方知广州人有吃夜宵的习惯。那是八十年代末,对我而言,也算是体验了一把"南风窗"的风情。总编老孙的发妻走了几年了,续弦娶了同单位的资料管理员,再婚也请大伙儿喝顿喜酒,里里外外的事儿我相帮着张罗。春节快到了,我和驾驶员小张开了辆车去苏北某地采买香肠等物,给同志们置办年货。当时的苏中肉联厂有一个写诗的小友,顺带在他那儿吃了顿饭,也说说让人激动的诗歌。

再后来让我去负责一个编辑室,手下有四五个人,他们发稿我看二审。当然自己也编也采。一期杂志大大小小的几十篇稿子要在你手上按栏目要求搭出一个大致的架子。弄停当了这才送到终审的总编手上。工作量我以为并不大,两个月也就轮到你忙活那几天。其余的时间可申请外出采访,也有去拉点广告的。那几年大江南北我跑了不少地方,也采写了各种各样的年轻人,团干部、企业家等,因此也交了不少朋友。有一个太仓新毛的青年厂长,做过大队书记,人很豪爽。我去采访他,他请了中学时候的老师来陪我。是一个夏日的夜晚,吃饭的桌子摆在湖边,颇有些天光水色的情调。那天晚上他们师生共同劝我的酒,我第二天醒来头还昏沉沉的。

那时候编辑部办公室在省委大院的一栋老楼里。我调来南京后,先在附近的一个旅社和一所大学的招待所分别住过一段时间,后经朋友介绍,租用了城南大光路上空军干休所的一处房子。上班花在路上的时间要一个多小时,先从家里骑自行车骑一段路,而后再转乘公交。中午一般在省委食堂就餐,有时候也会和几个编辑一块儿去周边的面馆或小饭店,下碗面条或炒几个菜,吃的是一份嘻嘻哈哈的热闹。吃罢午饭,也曾到过家住不远的同事屋里坐一坐,喝杯茶,聊聊天。小戴编辑是南师大毕业的,写得一手好文章,她曾在一个县里做过团委副书记,组织能力、活动能力都很强。记得去过她的家,她把家中的影集捧给我们看,姊妹几个模样都俊俏。直到后来我做了副总编,跟这批比我小不了几岁的年轻人在一块儿,始终是蛮融洽蛮快乐的。我们一道出差,一道去实施一些专题策划。那时候都还没有电脑,各地寄到编辑部的稿子会分到编辑手上,一件件拆开来看;读到特别好的稿会相互传阅,或很认真地讨论一番。

那些年里发稿较多的一些作者,几十年后仍有联系。比如老罗,当时他是陆军指挥学院的一个学员,后来做到了大校,正师级干部。写作上他很勤奋,出了好几本反映军营生活的散文集,不仅请我为他写序,还让我帮他联系出版社。老罗退休后在上海养老,偶或来南京也会找我喝上一盏。还有一位四川大凉山的作者,当时他在一个县里的电影公司做美工,常给杂志写一些电影赏析的文章,他投来的稿件字写得十分漂亮。我后来去了出版社主编另一本刊物,他依旧给我写稿。此后有较长时间没再联络,近两年复又辗转联系上了我。如今他在西昌的一家报纸做副总编,我反转成了他的作者。

我在《风流一代》工作了整整五年,1992年夏天调离时,同事们相聚为我送行,好几位对我说了很动情的话。铁打的营盘流水的兵,办刊人一茬接着一茬。有的,我们在十几年以后的新单位再度相逢,重新成为同事。当年有过一对双胞胎女儿的编辑小侯,二十多年后两个女儿同时举行婚礼,小侯邀请我出席。那一天,一大批曾经"风流"的同事们围桌举杯,互致问候,感慨这份人世间相遇的美好。

2022 年 12 月 13 日于盱眙天泉湖畔

晃动的酒杯里重现旧人的身影

二十世纪九十年代初，我从《风流一代》杂志社调入江苏文艺出版社，在那儿工作了八年。之后又去了新单位。那八年如今在我的记忆里，已是一张张定格了的老照片。今晚想起那些旧日的同事，有一些事是和酒有关的。当然若换一个话题，记忆里出现的或是另外一些面孔。

现在的文艺出版社，名字前面加了"凤凰"两个字，当时还没有。那个年代，应当说在国内文艺类图书出版方阵里，江苏文艺是有些实绩也有些名气的。比如为健在的中青年作家出文集，江苏文艺不说首开先河，也是走在前面的。记得汪曾祺先生最早的一套文集就是江苏文艺出的，汪老当时十分感激。做这件有些规模的事，我以为和彼时的出版社社长吴星飞的胆识、魄力有很大关系。此前给某一个作家出文集，一般都在其身后，有盖棺论定的意思。江苏文艺可能是最早破这个规矩的出版社。吴星飞和我是扬州师院中文系七七级的同学,他鼓动我从青年杂志出来,是想把出版社先前因故停掉的一本期刊重新申请,再搞起来,他认为一个像样的出版社应当有一本叫得响的杂志。干工作他身上有一股风风火火的劲,三句两句一"烧",能让你坐不住,好像不干点什么就对不起他似的。吴星飞读大学以前当过兵,还是汽车兵,这段经历对他后来的人生无疑有不小的影响。吴星飞能喝酒,且有很好的酒量,白酒半斤是打不倒的。那几年他住在童家巷省出版局招待所里,傍晚前后我去看他,他在巷口熏烧店剁一点儿鸭子,称半斤牛肉,再拎几瓶啤酒,和我一对一地在他宿舍里咬着瓶口"吹"。若再有一两个人来,那就去出版社附近的小饭店,炒几个菜,拿一瓶白的。经常喝的是"尖庄",五粮液系列的,早不生产了,当时的卖价是十七块五一瓶。有一道菜我们俩都喜欢点:韭菜炒肉丝。再普通不过的一道家常菜,它最大的特点是下饭。都是从二十世纪六七十年代过来的,少时贫乏的物质生活一定程度限制了我们肠胃的想象力。

我 1992 年 7 月调来出版社,被安排和蔡玉洗同一个办公室。蔡是总编辑,不过当时他已脱产去南大读博士了,平时很少见到。我们俩在一块儿喝酒,已是好几年以后的事了。那时我已调到新华日报报业集团,负责图书编辑中心的工作,北京一家出版社的领导带人来南京,和我对接,聊起来,他们和老蔡也熟。那天晚上在清凉山公园一处很幽静的饭庄,蔡总做东。浓浓秋意里,我领略了蔡总非同一般的酒中豪气。他老家是江苏沭阳,周边挨着几个酒乡,打小闻着酒香,能没几分英雄模样?!蔡总读完博士后去了译林出版社做社长,后来又做凤凰台饭店的老总,在图书出版上他也有颇多创意，是个有建树的人物。

文艺出版社要论喝酒，不可不提朱建华兄，他是当时理论编辑室主任，同事们戏称他"酒仙"。倒不是酒量有多大，而是对酒他有几分"馋"，不可一日无此君。若不让他喝，整个人就霜打似的，提不起精神头。只要两口一咕嘟，脸上就发光了，一会儿便成红面关公，话也刹不住车了。不过他喝酒归喝酒，干活也是一流的，那几年编过一些有影响的学术书。还记得文艺社曾和清华大学汪晖等合作（汪本科在扬州师院读的，与吴星飞同班），出过几年《学人》丛刊，朱建华是具体的操作者。有一年，社里让我带队去成都参加全国图书订货会，发行部主任和朱建华等与我一块儿去的。订货会期间，吃饭问题由各单位自行解决。因此那几天我们就在成都的一些小酒馆打游击，一餐换一个地方。这样的吃法，正中朱建华的下怀，中午、晚上他都可以弄点小酒喝喝，我也陪他碰过几回。会议结束我们由成都乘夜车去重庆，凌晨两三点了，我们几个都靠在椅背上打瞌睡，唯有朱建华还神采奕奕的，手上捏着个小瓶二锅头，剥几粒花生米，然后有滋有味地抿上一口。我在想，晚饭时不是喝过嘛，怎么又喝上啦？这个老兄！后来我调离文艺社，与朱建华联系不多。有一天在报社门口碰到文艺社的同事，问起才知建华君早几年已病逝了，走的时候好像还不到五十岁。满腹经纶的一个才子，太为他可惜了。是不是叫酒害的？我不好妄下结论。

还想说一说张昌华。二十世纪九十年代他是文学编辑室主任，后来做了副总编辑。这是一个非常敬业、所有事情都能做到极致的人。他的组稿能力特别强，1993年前后由他策划后来用了好几年时间陆续付诸实施的"双叶丛书"，是他编辑生涯中最令人瞩目的一个亮点。请当代文坛一批有影响力的夫妇作家自选写人生、家庭、亲情的散文，然后合在一集，前后都是封面，文字以颠倒的样式来排，从两头往中间读，这在当时很有新鲜感。巴金、萧乾、钱锺书、柏杨、林海音、聂华苓等十六对夫妇作家均拿出了各自的力作。那几年里我在社里较多精力主管期刊，与昌华的编辑业务交集不多。我们相互走近是在他退休以后。他被南京一家地产集团请去做一本文化月刊，这让他以前在工作中呕心沥血所培植的强大的人脉得以充分发掘，一大批享有盛名的文化老人为他编的那本杂志写稿，我也因此和他有了较频繁的走动。昌华写得一手好字，我时不时地会替朋友向他讨字，他也从来都不打回牌。他行事向来低调，十多年里不声不响地写了《曾经风雅》《民国风景》等多部文化名人随笔集。他的勤勉和坚守是一般人望尘莫及的。他日记坚持写了六十年，每一年都装订成册；与文坛诸友之间的函札，保存不下两千通。当然做成这些事，酒在其中起到了很好的作用。他的文章里有不少谈到了与一些名人喝酒的事。我和他也有过几次开怀畅饮。最近的一次是在今年五月，我去他府上拜望，他拿了瓶存放近三十年的法国葡萄酒，被我喝掉近五分之四。酒桌上他一再说年龄不饶人，再好的酒也不敢贪杯了。昌华兄长我十岁，筋骨还很硬朗，虽是昔日同事，但在我眼里他是极有学问的先生。

2021 年 9 月 19 日于盱眙天泉湖畔

那年七月，我们在南京街头

那是三十年前——1993 年的 7 月。我在一家出版社和几个同事做一本文化杂志。当时社会的年轻人对一些港台歌星比较关注，在做这本杂志的创刊号时，我们引进了造势的商业理念，事先策划了一个"创刊号封面人物竞猜活动"，在多家报刊上发布广告，试图给尚未见到新刊的读者制造一种悬念。这一创意取得了较为圆满的成功，参与竞猜活动的信件从全国四面八方雪片般飞来，每天邮递员要驮好几袋信件送到编辑部。人手不够，我们紧急联系了一批附近学校的大学生课后来帮助拆信，并做分类登记。一个月左右的时间，共收到参与信件一万两千余封，最后选定"竞猜"得票最高的香港歌星郭富城作为创刊号的封面人物。

选定封面人物的同时，我们组织和自采的各类稿件也陆续到位，紧接着版面的编排设计包括印刷，也都在这一年的 6 月底全部顺利完成。7 月 5 日我们在南京的一家酒店举行了首发式。也就在当天，我们签约委托的发行商已将 13000 多册的创刊号杂志铺到了南京大街小巷的报刊零售点上。那年只有 28 岁的年轻帅气的身穿红色夹克衫的郭富城作为封面人物的大 16 开杂志，在报刊亭上显得特别耀眼，引人注目。几乎与此同时，发往北京、上海、广州、武汉、长沙等大中城市的十几万份杂志也都通过不同的运输方式先后到达，经由多位发行人员之手，"着红衫的郭富城"一夜之间登陆了大江南北。

那时候，编辑部的几位同志都很年轻。我家住在光华门，每天上班往高云岭去，一路上我骑的自行车会在途经的每一处报刊零售点上停一停，向老板打听一下我们这本杂志的销售情况。有的告诉我卖得不错，说没几天就脱销了，我便让他找谁谁谁再补一点儿。有时候会向老板递上一根烟，跟他聊聊家常，问他买杂志的人一般都多大年纪，是男的多还是女的多。不光是我，其他的几位同事也都这样，每人负责一条线路。甚至中午也会放弃休息，到单位附近的一些摊点去转转。那一段时间我们基本每天都会在编辑部相互通气，分享各人的所见所闻，每个人的脸上都呈现出喜洋洋的气色。这情景，颇似种地的农人，看见自己亲手栽种和侍弄的庄稼，在时光里结出了丰硕的果实。

那一年的 7 月，记得南京是一如既往地热着，而我们似乎全然不觉地一次次奔走在这里的大街小巷——办一本卖得好、受欢迎的杂志，是我们当时那批人最为真实的一种理想。当然，也不仅是这个 7 月，后来的几年春夏寒暑，我们也都这样认真而执着地跑着。甚至一些熟悉了的摊点，我们还会把最新出刊的杂志，捆扎在自行车上给他们送去。

日子过得真快,一晃三十年了,这世事之变令人目不暇接。随着人们阅读习惯的改变,当年十分红火的报刊亭几乎已不复存在。站在今日怀想过往,所幸我们的内心还存有这样的底片。我想说,我们也曾年轻过,也曾用激情与汗水种过一棵叫作理想的树。

2023 年 7 月 5 日于盱眙天泉湖畔

我于 1992 年 7 月由江苏青年杂志社副总编辑调任江苏文艺出版社副社长。1993 年 7 月由江苏文艺出版社主办的《东方明星》杂志在南京正式创刊，我兼任主编。这本杂志前后运行了六年半的时间，共出刊七十五期（1993 年下半年出了三期，1994 年 1 月开始为月刊）。创刊时的发刊词和最后一期的休刊词，均由我执笔。我 1999 年底调往新华日报社工作，《东方明星》的刊号被保留，改刊名为《同学》。

《东方明星》办刊的几年里，除了以较多篇幅报道演艺界人物和关注彼时的明星文化热点，还针对读者的要求，开设了一些一般档期为一年或两年的作家专栏。比如王干的"文坛好手"、叶兆言的"兆言专卖店"、诗人洪烛的"主观色彩包厢"、北京媒体人蒋力的"蒋力观象台"、苏州作家亦然的"红尘独语"、庞瑞垠的"庞氏名人屋"等。这些专栏各有特色，为杂志增添了较为丰富的文化含量。

　　印象较深的是叶兆言的专栏。他从 1995 年到 1996 年连续开了两年，每月提供一篇稿件，共二十四篇。前一年写的是民国以来的文化名人，题目由他自己定，共写了十二位。比如 1995 年第 9 期，我们组织了苏州名人专号，这一期上他写的人物是周瘦鹃。后一年的十二篇，集中笔墨写南京这座城市的方方面面，男人女人、衣食住行，等等。兆言后来出了一本关于南京的书，较多的篇幅应当来自这批专栏稿，《东方明星》算是首发。兆言去省作协做专业作家前，在江苏文艺出版社做编辑，这儿的人头他都很熟。数我调来晚，算是新朋友。记得那两年他每月写了稿子，总是自己送到编辑部来。一般会在我的办公室里坐上一会儿，然后顺便会去曾经的同事那儿坐一坐，侃一会儿大山。夏天的时候有几次他就穿双拖鞋，很随意地来到了你面前。我给他泡上茶，他很难得地坐下来喝了几口。那两年，10 月份前后，邮局组织邮发报刊做征订活动，我请兆言和苏童等几位作家在《东方明星》的展台上和订阅杂志的读者做些交流，他们都挺给力。

　　我调新华日报后与兆言联系不多，只在南京市作协的几次会上碰到过。2009 年前后，老诗人王德安的公子写了一本《金陵拿手菜》的书，是我帮助出版的。成书后想找一位名人写序，我给兆言打了电话，他颇给面子，稍后不久发了序来，王德安父子为此都很高兴。

二十六年前的一本苏州名人专号

《东方明星》杂志是二十世纪九十年代由江苏文艺出版社主办的一本综合性文化月刊。1993 年 7 月在南京正式创刊。1995 年 9 月，为配合彼时苏州国际丝绸旅游节的举办，《东方明星》特地编辑出版了一期集中推介苏州各界知名人士的专号。

作为江苏文艺出版社当时的副社长和《东方明星》杂志的主编，我组织并全程参与了这期专号的各项工作。二十六年后重新回顾，是觉得这一期杂志有着一定的史料价值。

记得是在 1995 年 6 月的某一天，我前往苏州，向时任中共江苏省委常委、江苏省副省长、苏州市委书记杨晓堂同志汇报了做一期苏州名人专号的构想，在得到认可后，接下来的相关工作（包括选择并确定专号的采写对象等）得到了时任苏州市委常委、宣传部部长张卫国同志的具体指导与帮助。

随后的两个多月里，我和编辑部的同事曾五下苏州，在苏州市委宣传部、苏州市文联等有关方面的大力支持下,为专号的组稿和采写任务的具体落实,召开了好几次有关人员的会议。时任苏州市文联副主席吕锦华、创作研究部主任薛亦然等为这期专号可谓吃尽辛劳,不仅担当了数篇重头稿的赴京专访,还出面联络了一批苏州最优秀的作者为刊物撰稿。使得这期刊物不仅在内容上体现出不可替代的独家特点,而且在文章质量上达到了令人满意的较高水平,基本实现了策划伊始所提出的一流作者写一流人物的目标。

翻开这期专号,我们可以看到,吕锦华采写的是时任全国人大副委员长费孝通先生、国际大法官倪征燠先生、时任《人民日报》总编辑范敬宜先生;薛亦然采写的是时任国家体委副主任袁伟民先生、著名水利水电专家张光斗院士、中国舞蹈艺术的拓荒者吴晓邦先生;周秦写国学大师钱仲联;顾迈南写核子物理女王吴健雄;平燕曦写梅花奖得主王芳、顾芗;朱寅全写评弹艺术家蒋云仙;谭亚新写丝绸艺术家钱小萍;尹平写著名企业家周文轩、周忠继兄弟;杨沃林写影视明星刘嘉玲;陈益写著名音乐家丁善德;陆泰写当时还健在的 105 岁高龄的国画巨匠朱屺瞻;吴霖(《中华英才》画报记者)写艺术家吴作人夫妇;冯立写苏州一批微型艺术制作者;姜晋写繁花争艳的苏州画坛;邱载写苏州动物园总兽医师黄恭情……

在对各界名流关注的同时,《东方明星》自创办以来一直强调它的文化含量和文学的怡情性。这期专号特别邀请到金陵作家庞瑞垠写叶圣陶、吕锦华写陆文夫、北京作家蒋力写叶兆言、叶兆言写周瘦鹃;还刊发了三位苏州籍作家范小青、苏童和车前子写苏州风情的美文。

这期苏州名人专号共刊发大小文章三十八篇,约十万余字。卷首语由杨晓堂先生撰写,题目为《英才辈出看苏州》。封面人物从刊物特点考虑,选择了当时的戏剧梅花奖得主:王芳。

2021 年 6 月 17 日记于盱眙天泉湖畔

出生于 1941 年的冯亦同先生是我熟悉并敬重的一位前辈诗人。他 1963 年在南京师院中文系毕业后，做过十八年的高中语文老师，1981 年调入南京市文联。1985 年南京市作家协会成立后，他一直担任秘书长、驻会副主席。2002 年退休后，被聘为南京市作协顾问。

在市作协任职的十七年里，他为推动和繁荣本土的文学创作做了大量具体而切实有效的工作，对此我亦有较为直接的感受。大约在 1995 年初，他找到我，商量并提议编一套以南京地区诗人为主的"金陵诗丛"，旨在加入中国新诗的跨世纪建设。我把这个想法向当时文艺出版社的社长吴星飞汇报后，得到了他的支持。于是"金陵诗丛"的组稿和编辑工作，在冯亦同先生的张罗下全面展开了。我作为主编之一及诗丛的责任编辑，协助冯先生做了一些相关的案头工作。两年间"金陵诗丛"先后推出三辑共二十本不同风格的个人诗集。第一辑的十本分别为胡北离的《世纪神曲》、王德安的《心底珊瑚》、王安雄的《星空的密码》、杜怀阳的《绿叶上的我》、程亮的《流浪的云》、朱成龙的《会唱歌的云》、陶玉明的《蚕豆花集》、钱铭的《地球船》、晓波的《叩响她的门环》和冯亦同的《男儿岛》；第二辑的五本包括吴野的《孙中山》、张泰霖的《裁春续集》、戴珩的《依偎大树》、陈道龙的《我向那儿走着》、黄加美的《寻梦园》；第三辑的五本包括涂海燕的《水印》、杜立明的《辩证法中的城市》、袁沐淮的《心灵深处的河流》、刘流的《时间与幻象》、庄晓明的《晚风》。

印象中，这二十本诗集里有相当一部分是作者的处女集，这对于他们后来在写作上的发展无疑起到了一定的肯定和推动作用。比如晓波，即后来我们所熟知的写出了很多优秀作品的丁捷，他1993年毕业于南师大，出这本诗集时也才26岁，那些诗表现出了他不俗的才情。还比如戴珩，后来成了国内公共文化领域的著名学者，出版有专著二十多部，但据我了解，对于这本较早出版的诗集他还是比较看重的。再如一直生活在扬州的诗人庄晓明，正是从这本叫作《晚风》的诗集出发，一步步成长为后来获得紫金山文学（诗歌）奖、在国内诗坛产生较大影响的诗人；另一位当时也很年轻的诗人刘流，这本诗集的出版促使他后来写出更多的诗作，在国内一些重要文学和诗歌刊物上发表，并因此赢得较好的声誉。特别令人高兴的是，当时已经五十出头的诗人吴野正是凭借这套诗丛里的《孙中山》（长诗）获得了金陵文学奖；冯亦同先生自己的诗集《男儿岛》则获得1996年举办的第二届南京市文学艺术奖的银奖。

和冯亦同先生的再度合作是在我调入新华日报社以后。2006年新华报业传媒集团组建了图书编辑出版中心,让我来负责这方面的工作。在随后我们进行的几个策划项目中,冯先生分别给予了有力的支持。一是受我邀约,他为南京总统府撰写了一部出版后受到广泛欢迎的、具有旅游纪念品特色的文化推广读物《印象总统府》。二是作为特邀主编,参与编撰了大型彩印图书《珍藏中国节》(共四卷,分别为《春节》《清明》《端午》《中秋》),该书囊括了与中国传统四大节日相关的民俗、诗词、美文、美术等方面的内容及代表作品。冯先生和另外几位主编在两三个月内为我们加班加点,在海量资料中爬梳、遴选,最后编出了这套受到读者普遍赞誉的文化精品读物。

丁芒先生是 1946 年参加新四军的老同志，做过《人民海军报》和总政治部《解放军战士》的编辑，1955 年担任革命回忆录巨著《星火燎原》的编辑，曾为罗荣桓、刘伯承等将帅元勋撰写过回忆录。"文革"后转入交通部澄西船厂任宣传科长，后调入江苏人民出版社工作，1987 年离休（离休前他的工作关系已转入于 1985 年底恢复建制的江苏文艺出版社）。

出生于 1925 年的丁芒先生，十七岁时在家乡南通的报纸上开始发表诗歌，其文学创作生涯迄今已有整整八十年。出版有诗集、散文随笔集、诗论集、小说集、书法集等四十余部。2002 年出版了六百万字的《丁芒文集》。2012 年被推举为中华诗学研究会名誉会长。

我与丁老相识于 1985 年初夏，彼时我在江都县文化局工作。背景是，中国散文诗学会会长柯蓝来南京组建江苏分会，当时的解放军南京政治学院副院长王知十牵头在该院的一处会议室,举行了一次有关方面共十多人参加的散文诗江苏分会(筹)首次会议。那几年我写作和发表散文诗比较活跃,是南京以外唯一的外地与会者。也就是在那次会议上我见到了丁芒先生。他很亲切地与我交流,说读到过我不少的散文诗作品。出于对晚辈的厚爱,会议期间他还特地写了一幅字送给我。我1987年调来南京后,与丁老因会议或活动有过多次相遇。我编《风流一代》杂志的五年里,他曾几次给我写稿。我调入江苏文艺出版社后,丁老非常高兴,说这下好了,我们在同一个单位,见面的机会更多了。他的家在高楼门附近,到出版社步行也就十几分钟。那时他已快七十岁了,但身体特别好。我后来主编《东方明星》,他常到我办公室来小坐。创刊的那一期,他便写来了对当时南京经济广播电台最火的主持人甘霖的访谈文章。有一年,杂志搞一个全国性的征文活动,大赛的获奖作品请丁老为我们写了综述性的点评。他出手很快,且有较高的站位,其评述令人信服。

对我个人的写作,丁老也给予了颇多的勉励与关爱。我1990年在江苏少儿出版社出版了散文集《十七岁的天空》,他拿到我给他的赠书后,不几日在北京的《文艺报》上发表了书评;1993年11月我在南京大学出版社出版了文学评论集《步入散文和诗的天国》,此前丁芒先生花了好几天的时间阅读清样,并以《论人律己明理善诗》为题给这本书稿赐以序文,令我受到很大的教益。

应当是 1988 年 9 月,王劢老师(笔名高风)给我寄了一幅摄影作品,让我配一首诗。当时《新华日报》的"新潮"副刊好像有一个叫作"诗配画"的子栏目,会不定期地发一些摄影作品和与之相配的短诗。我根据他寄来的照片,写了以下这首诗:

捕鱼人
——题一幅摄影

所有关于风暴和沉船的故事
都织进你那顶不再鲜亮的草帽
悠扬的渔歌抛到了山的那边
吆喝的号子流成了一湖碧波
莽莽苍苍岁月之海时光之潮
将你七尺之躯打成一叶扁舟

注定了将随夕阳同去

而夕阳的消逝并不意味沉沦

你的若干回诡谲的梦境

总能在早晨橘红的光球里兑现

于是，一千次一万次地呼唤

呼唤鱼汛，呼唤不死的生命

    稍后，这首诗经王劼老师编辑，发在了"新潮"副刊上。而我与王劼老师的相识是在我还没调来南京的 1985 年夏天。当时柯蓝先生为筹建中国散文诗学会江苏分会来到南京，召集了一个筹备小组的会，商谈有关事项。参加者有时任省作协的领导及在宁的一些散文诗作家，如艾煊、魏毓庆、丁芒、王劼、杨德祥、叶庆瑞、曾传炬、王知十、李萌等，约十多人，我是小组里当时唯一不在宁的成员。就在那次会上我见到了王劼老师。之前我也曾读到过不少他的散文诗作品，从那以后我们成了经常有机会在一起交流的诗友。王劼老师现已 92 岁高龄，但身体仍很硬朗。

    未曾料到的是，这首《捕鱼人》在发表二十多年以后，被我所敬重的另一位诗友、同时也是很著名的书法家王幅明先生从我的一本诗集里选中，并写成书法作品相赠与我，令我十分感动。那是甲午年（2014 年）初秋，一位曾与我共事的小友在河南举行婚礼，请我做她的证婚人。借赴郑州的机会，我去拜访了曾任河南文艺出版社社长、写过多部散文诗集的诗人王幅明兄。在他家中的"天堂书屋"，他将这幅墨宝交与我手，我带回南京。这一份见证我们友谊的作品，将被我永久珍藏。

        2022 年 10 月 10 日记于盱眙天泉湖畔

昔日诗友（二题）

一

二十世纪七十年代中期（1974 至 1977 年间），我在当时的扬州纱厂做机修工和车间宣传员，业余时间喜欢写点小诗，遂与有同样爱好的扬州钢铁厂的工人谈宝森相识。我们一道参加过由市工人文化宫和市文化馆组织的相关活动，曾配合五一、国庆或彼时的政治主题，写过一些体现各自所在企业特点的诗，刊登在上述两个活动机构自印的诗歌特刊上。那段时间里，江苏人民出版社出过一本扬州地区诗歌作者的作品集，谈宝森和我好像都有诗作被选入。也在那个阶段的某一次有较多诗作者参加的会议上，我们见到了在扬州地区生活的老一辈诗人忆明珠、王鸿和当时在诗坛比较活跃较我们稍长的刘鹏春等人。后来不久忆明珠先生过五十岁生日，谈宝森特地联系了一辆卡车，拉上我一道，从扬州去仪征为忆明珠老师祝寿。记得我们在他家里住了一个晚上，忆明珠十分高兴地同我们谈他一些诗的创作经过。

宝森大约是七十年代末或八十年代初被调到《扬州日报》做副刊编辑的。我1978年春考入扬州师范学院中文系读书，毕业后在江都工作了五年才调往南京。那些年里与宝森一直保持着信件往来，我给他主持的副刊投稿并获发表。我在江都工作的那几年，宝森来看过我，也曾受邀参加我组织的一些与文学创作有关的活动。宝森长我四到五岁，人很憨厚，几个朋友在一块儿他一般很少说话。但他有极好的酒量，喝酒时能看出他爽直的性格。1984年前后，延安时期的老作家柯蓝先生以中国散文诗学会会长的身份，奔走于全国多个城市组建散文诗分会，当时也来了扬州和江都。此后，江苏有好几个城市的报纸，如无锡、南通、扬州等，都在副刊上不定期地拿出一些版面，集中发表散文诗作品。谈宝森对散文诗的创作也在版面上给予了很大的支持。1987年甚至更晚些，我在广州和北京两次拜访柯蓝先生时，他还都特别提起《扬州日报》上发表的那些散文诗作品。

宝森作为年轻时代便写出过较为优秀的诗作的诗人，在后来的工作岗位上，也帮助和提携了不少较他年轻的本土诗人。我所知道的出生于兴化、在扬州读过大学的诗人金倜便是其中突出的一位。宝森在不到五十岁的时候突然英年早逝，而我是在他走后较长一段时间通过金倜才获知这个噩耗的。我还了解到，宝森离世后连续六年(1997年至2002年)，金倜总在每年的清明前后写下一首充满深情的怀念宝森的诗作。这组总题为《怀念》的散文诗组章,收在金偶 2003 年出版的诗集《倾诉》里,其中的一些诗句今天读来仍让人感到心灵的震撼——"我把苍白的诗行丢在永流的时间之水上,如落英。我把孤独的凄然安顿在友情的烛光之下,如蜡泪。我把怀念的树苗栽在我纯洁的心灵之土上。我把生命的挽歌写在我灵魂的祭坛上。""如果说一天是一株草,那么我的怀念已然是一片绿地了;如果说怀念是一棵树,那么我的心上已然绿荫如盖。"

宝森走了有二十多年了,重情重义的金偶还经常会在微信里和我谈起他。有一天金偶告诉我,宝森的女儿叫海蓉,也写得一手漂亮文章呢。我突然忆起八十年代的某一天,我曾去过宝森的家里,在他的房间醒目处,摆放着一副雅致的古筝,当时宝森对我说,那是他女儿平日弹的。这个场景那么清晰地留在我脑海里,仿佛就发生在昨天。

二

在线路器材厂工作的张宪成,和我同龄,生日大我两个月。他出生在四川南充,母亲是扬州人。他 14 岁的时候来到扬州随姨妈一道生活,就读于扬州中学。我们相识时都只有 20 岁,皆为进厂不久的新工人。他同我一样,当时也写一点儿读来朗朗上口的儿童诗,这让我们相互视为知己。宪成性格很开朗,见人总是一脸笑。喜爱说话,有四川口音,话说快了口齿有点不太清楚。他每每写了新作,会很喜悦地拿给我看,请我帮他修改。不久前我们在微信上交流,他告诉我,他手上还保存有一本 1976 年 5 月由扬州市工人文化宫编印的扬州市工人诗歌选集,书名为《献给火红的年代》。他把这本共有 30 个页码的铅印诗集一页页拍了照发给我,并向我回忆了这本诗集印刷前后的一些事。他的记忆力非常好,说当时工人文化宫主持这项工作的卞雪松老师,比较信任地把相关的编校工作交给我俩来完成,我们因此干得非常认真。这本诗集共选了九个作者的九首诗,我们俩各有一首;此外压轴篇是一组儿歌,有十二首,署名是我俩。这些诗如今看来,当然是一笑而过,那里面有着太重的时代印痕。但对于我们两个,它却一定程度地见证了我们的青春激情和彼此纯真的友谊。

当年和宪成交往的一些镜头都还历历在目:他曾把家中的一些板材很慷慨地拿出来,支持我做了一个简易的书架。还记得那天他把一堆木板捆扎在我自行车的后座上,然后还陪我走了很长一段路。另一次,他在厂里向师傅要了一些旧圆钢,帮我焊了一副窗架。烧电焊时我在一边扶着,未加回避,结果当晚被焊光灼伤的眼睛痛得我在床上打滚。

年轻时候的乐于助人在宪成后来的人生路上很自然地得以延续。我是在若干年后与他重逢时方才听说了他的一些故事——他除了写诗还爱好摄影,拍了很多的照片在当地报纸和省城的刊物上发表。他还手把手地把一个盲人培养成了出色的摄影家,此举据说国内有近百家媒体做了报道。更让人为之赞叹的是,他曾在好些年里纯义务地为一批受到不法医疗伤害的平头百姓充当“维权律师”。他并非执业律师,完全通过刻苦自学,掌握了有关法律条文。他指导并帮助那些受害者搜集证据,为他们撰写诉状,直至出庭辩论。通过他的努力,那些慕名而来的数十名受害者打赢了官司或讨回了公道。做这些事他不仅分文不取,时常还自己往里贴钱。在不少人的眼里,宪成是个十足的傻子,甚至有人认为他脑子出了毛病。

宪成的身体不是很好,多年前已在企业办了病退。虽拿着不多的退休金,他却依旧每天都乐呵呵地生活着,拍拍照,读读诗,见到一些一线工人写的接地气的好诗,他会很兴奋地转给我,还像当年那样。

2023 年 1 月 22 日(大年初一)于盱眙天泉湖畔

记
与
王
鸿
先
生
的
交
往

　　《江都日报》副刊编辑栾碧军不日前在扬州参加政协委员培训班时,抽空去拜望了在扬生活的文艺界老前辈、原省文化厅厅长王鸿先生。拜访中,碧军向王老提起我,并让他现场与我通了话。现已九十一岁高龄的老厅长说话还很有精神,嗓音也是我以前所熟悉的,听来十分亲切。有好些年不见他老人家了,还真有几分想念。回想起来和王鸿先生的交往快有半个世纪了,记得大约在 1973 年前后,我刚高中毕业还没进厂工作那会儿,因爱好写作,在国庆路上的新华书店买过王鸿描写运河风情的诗歌集,阅读后非常喜欢,竟大着胆子写了篇类似于读后感的书评。后来通过市文化馆的老师了解到王鸿当时在扬州地区文化局工作,于是很冒昧地给他写了封信,并寄去了这篇书评。不久后收到了王鸿先生给我的回信,对一个初出茅庐的文学青年的这份热情,他给予了鼓励和肯定。及至 1975 至 1976 年间,其时我作为一名工人诗作者,参加了江苏人民出版社为编选一本扬州地区诗歌作品集而召集的有关会议,在这个会上见到了王鸿和另一位我所敬重的诗人忆明珠先生。亲耳聆听了他们对诗歌写作的一些看法,对初学写诗的我有很大的帮助。

再见王鸿先生当是十年之后了。1985年前后,我在当时的江都县担任文化局局长,王鸿以省文化厅副厅长的身份陪同彼时的文化厅厅长王庆汉来江都视察文化工作。那时候我才知道王鸿是江都嘶马人,对江都的人文历史他可谓了如指掌,基层的许多情况他都非常熟悉。早在二十世纪六十年代他就写过一部在全国产生过重要影响的扬剧《夺印》,据说剧中一些人物的原型正来自他所熟悉的江都这片土地。是生活给了他创作的源泉和灵感。

1987年我调往南京,在南京和他有过不多的几次见面。九十年代他出过一本叫作《运河吟》的诗集,寄过给我,我读后写了一篇书评发在《新华日报》"新潮"副刊上。

印象中王鸿一直关心家乡的文化建设,现在的文体旅局主办的一本《芦柴花》杂志也一直约老厅长给他们写稿。有几次我俩的文章在杂志上碰头,感觉是蛮有意思的一幅场景。

那天中午,在和老厅长通话中,我除了问候他,还表示下次回扬一定去府上拜望。

记与杜卫东的一段交往

近读一篇新闻访谈，采访对象是《北京文学》社长杨晓升。访谈中，他说到了自己的一部被列入华语文学精选读本的散文集，是另一位资深出版人杜卫东先生给予热荐而出版的，谈话里满是崇敬的口吻。

杜卫东的名字勾起了我的回忆，二十世纪八九十年代我曾得到过他无私的帮助。他是北京人，生于1953年，17岁进入北京第一机床厂做工人，后来又去当兵，在部队开始搞创作，23岁时在《吉林文艺》上发表了反映部队生活的小话剧，那是他的处女作。七十年代末他从吉林退伍回到北京，成为中国青年出版社的一名编辑。我应当是在1984年前后因为投稿而与杜卫东有了文字的联系。当时中国青年出版社创办了一本综合性的青年杂志，刊名叫《追求》，杜卫东是这本刊物的副主编（主编由出版社的副总编辑兼任），主持日常工作。我当时较多地写一些富有青春特点的散文诗,杜卫东收到我的稿件后,比较推崇地安排在刊物的卷首语上发表。后来他知道我正在写一篇原国防部长张爱萍将军1965年前后在扬州所辖邗江县方巷乡蹲点搞社会主义教育运动时,与当地老百姓之间的一些感人故事。他很重视这个选题,其间与我通过长途电话,了解写作进度。稿件完成后我寄给他,他较满意,很快安排在了1985年9月出版的《追求》杂志"本刊特稿"头条位置推出。

1987年我调宁工作后,利用出差的机会去北京拜访过他。卫东先生在中国青年出版社的职工食堂排队打饭,请我吃了一顿午餐。那时候他也才30多岁,显得尤为精悍,上下楼都是一路小跑;我看他在办公室给人打电话,语速特快,一口极溜的京腔。他不光编书编刊物,自己也写杂文,在报刊上发了很多。他曾送给我上海人民出版社为他出的杂文随笔集《青春的思索与追求》,那是他的第一本书。据说这本书印了17万册,是老作家秦牧先生为他写的序。

那几年我们一直有书信往来。后来也是在他的帮助下,中国青年出版社于1990年9月出版了我的散文集《潇潇洒洒二十岁》。

我了解到,杜卫东后来做过《炎黄春秋》的副主编、《人民文学》的副社长、中国作协主办的《小说选刊》的主编。文学创作上他也是成绩斐然,出版过三十多部个人著作;在报告文学上其成就尤为突出,获得过多个全国性的大奖。只是我们因为各自工作的忙碌,后来联络渐疏,但每每看到他的文章或有关他的讯息,心底会生出一种亲切感。

在《新民晚报》的"夜光杯"副刊上,我时常读到梅子涵先生的文章,他的文字平实而干净,像和孩子们说话似的,读来尤觉亲切。突然就想起了近三十年前的事,那是 1990 年或 1991 年的夏天,鼓浪屿海边的一个夜晚,我曾与梅先生同住一室。天气很闷热,虽然有风,但风吹在身上也是咸湿湿的。印象中那晚我们在一块儿说了不少的话。梅先生那时候应当是在上海师范大学做老师,他是新中国成立那年出生的,比我大五岁。他写儿童文学,也搞儿童文学的研究,两方面都很有成就。那一次我们是受邀参加由江苏少年儿童出版社《少年文艺》编辑部组织的一个写作笔会而得以碰到一起的。

由此又很自然地想起与《少年文艺》这本刊物的一些往事。我 1987 年调来南京后,与《少年文艺》联系较多,得到过当时的主编顾显谟先生和责编章文焙女士的诸多关爱。我比较积极地为他们写稿,在该刊发表过多篇"卷首语",也发过多组散文诗;刊物作为头条栏目的"报告文学",我也曾发过好几篇。记得有一回他们约请我去溧水采访一个聋哑女孩,写她在家长的帮助下怎样一步步地成长起来。我在溧水住了几天,采访做得很细,回来后给刊物写了篇近万字的报告文学。还和我的大学同学曹义田合作写过一篇《关于中小学生流失的报告》,此文曾获得1988—1989年京沪宁穗邕少年报告文学大奖。

顾显谟先生对作者非常客气,每次去他那儿小坐,总会热情地泡茶,和你攀谈,没有半点主编的架子。正是在他的关心下,我的一部少儿散文集《十七岁的天空》于1990年9月由江苏少年儿童出版社正式出版。

今日忆起这些,心底顿生暖意。想来顾主编已有八十开外?后来做了少儿出版社副总编的章文焙女士好像也退休了。衷心祝愿他们一切安好。

2020年11月7日凌晨1点于盱眙天泉湖畔

　　三月下旬陪几位友人去江都,那里是我大学毕业后曾经工作过五年的地方,有着一种特别的亲切感。在和一批老友们的相聚中,《江都报》现任副刊编辑栾碧军带来两包整理好的样报,托我带给南京的两位作者。这两位,老家都在江都,退休后仍积极地给家乡的小报写稿。编辑记着他们,把每一次发有他们文章的报纸留存好,一段时间后集中带给他们或寄给他们。这样的情景我在栾碧军先生处已领略过多次。我的不少文章在他那儿发了,自己也忘了,可他替你把报纸收着集着,会一张不少地给你,让你在报纸之外还得一份意外之喜。

　　碧军的身上确有一点儿老派编辑的遗风。我因此而想起若干年前一些报纸副刊编辑的名字:《新华日报》"新潮"副刊的创办者王劼(高风)先生,《南京日报》"雨花石"主编叶庆瑞先生,二十世纪八十年代《南昌晚报》"百花洲"编辑罗丁(已故老诗人李耕之子)、《厦门日报》"海燕"主编陈慧瑛女士(她同时也是一位著名的归侨散文诗人);还包括曾担任过《散文》月刊主编,后调任《人民日报》"大地"副刊的石英老师。我都曾在不同的时期收到过他们亲写信封寄来的样报,他们有时还会在报纸里夹一便笺,写上几句问候的话语。

杂志的编辑也能列出一串长长的名单。二十世纪八十年代在省妇联《莫愁》杂志做编辑的王德安先生,在他那儿发了文章,他会将你的文章先裁出一份(供你剪贴之用),另外再给你送(寄)一至两本完整的杂志,为作者考虑几多细致周到。这个细节我记了他四十多年。

报刊进入电子时代后,随着阅读习惯的逐步改变,人们已不太看重原有的那种物质形态。发了文章,公众号帮你转一转,便很开心了,至于样报有没有也无所谓的。但总会有那么几个恋旧的老派,内心深处还是想得一份报纸的。所谓白纸黑字,有些根深蒂固的东西,怕也是一下子消亡不了的。

2023 年 6 月 4 日于盱眙天泉湖畔

　　高洪波先生是我青年时代熟识的好友，二十世纪八十年代末九十年代初，我们曾有过一段较为密切的文字交往。但由于不在一地，他长期居于北京，后来彼此在工作上亦无太多交集，所以将近三十年没能见面。而他长期担任中国作家协会的领导，这些年里江苏的不少活动请过他来参加，听说他在公务之余，曾几次向认识我的朋友询问我的有关情况。别人转告我时，我心里很是感动；其实这些年里我也曾时常念起他。的确，青年时候那种很单纯的友谊，不只在心底留下了美好，而且随着年龄的增长，会经常生出一种怀想。

　　前年（2020年）3月，当是因了这种怀想，我记写了一篇我们之间交往的文字，并设法和他取得了联系，把这则文字发给了他。他收读后很高兴，当日便赋诗一首，通过微信发我。字里行间流淌着一片挚真之情。诗曰："疫情未销联旧友，江南春归逢故交。

一文溅波观逝水，也曾诗海踏怒潮。"这首赠诗连同我的那篇小文，收在了 2021 年 6 月由湖南文艺出版社为我出版的散文集《江南素描》一书里。

今年春天，另一位好友——《泰州晚报》总编辑翟明先生见到我时对我说起，他们报纸拟和泰州市高港区政协联合举办一个主题为"大江颂"的全国诗词大赛（传说张若虚当年就在高港这个地方写下了那首"孤篇盖全唐"的《春江花月夜》），问可否帮助请几位这方面的专家来做这个大赛的终评委。我一下就想到了洪波，他在文学创作上相当全面，诗歌、散文、古体诗词，都有非常成功的实践和很深的造诣。翟明听到高洪波的名字，自然非常高兴，当场便说你来帮我们约请。稍后我在给洪波的微信里代表翟明总编辑表达了邀约之意。洪波兄还像当年那样豪迈，十分爽快地答应了，说一定做好相关工作，并争取来泰州参加颁奖活动，与各路诗词高手切磋诗艺。

于是，这段日子里我也就多了一份美好的期待——期待今年 5 月间，能与多年未见的老友在美丽的高港一聚。想来洪波兄同我有一样的心情。不日前，他在北京家中特地将两年前写与我的那首赠诗，书写成了条幅，并拍照给我，相约 5 月能当面交我。

但令人懊恼的是，由于今春又起的这波疫情，自 3 月中旬以来，我一直待在盱眙天泉湖边的寓所内，尚不知往后的情形会怎样。但愿进入 5 月后一切都会好起来，让我们能在唐人张若虚当年吟诗处，与老友一道喝一杯醇美的"梅兰春"。

2022 年 4 月 27 日夜于盱眙天泉湖畔

那是今年盛夏的一个夜晚,我和你通话。你不在长沙,去了下面一座县城,说是为了一本书的推广。你正准备吃饭,于是我跟你说到了酒。你在电话里笑了,那脸上的表情我能想象出来。你说,我的酒量你是知道的,不过今晚估计躲不过,要喝一点儿了。

我知道你只能喝点黄酒。其实我们也就只在一块儿喝过一次酒。但就那一次,我以为我们可以互称知己了。你的渊博,你的坦荡,甚至这世上极难得的一种纯粹,在你进入微醺时,我感觉表现得尤为充分。

我们是因为一本书而结识。我一个北京的哥们在你那儿出了部专门谈吃的书,你是书的责任编辑。书出来后希望让更多的人知晓,希望有来自媒体和读者的反馈。北京的这位哥们寄了新书来,让我写个书评。我也算在江湖上走过,懂点吃的吃货吧,朋友的书自然很认真地读了,交代的任务也完成了。北京的哥们后来把我这篇书评转给了你,就这么一来二去的,我们也成了朋友。虽然还没能见上面,但相互的气息在电话里、微信里是能感觉到的。你小我九岁,但学问上你足可以做我的老师。

大约一年以后吧,你来上海签一个重要的出版合同,我邀你就近停一停南京,大家见一见,喝个小酒。你爽快地应了,而且来了。我们约好在夫子庙碰头,先是参观了科举博物馆,然后找了一处老店品尝秦淮小吃。我事先征求了你的意见,把白酒排除了(其实我倒是能弄个二三两的),挑了黄酒里相对上乘的。盛酒的坛子有点古色古香,稍加温热后似乎劲道要足点。发现你真的不善饮,不多的几杯,脸就有点酡红了。话似乎也多了些,但感觉聊得更开了。书里书外,金陵长沙,风土人情,你都通晓,且谈兴甚浓。那天我还特意请了位老友——在南京博物院当过副院长的金先生一道陪同。过后他对我说,这位老弟是真的有学问。言谈中能很清晰地感受到你的谦逊与亲切,不遮不藏,也一点儿不端,真诚的笑意里透出的满是厚道。

回去后没几日,你快递给我一本由你任责编的《长河不尽流——怀念从文》。沈从文先生是湖南的骄傲。这本书是沈先生去世后的次年,即 1989 年由湖南文艺出版社出版的,三十年后重新修订再版。你在宣纸做的扉页上用绿色笔记录了我们的南京之晤,落款处题有你的名字,还工工整整地盖上了阴刻与阳刻两方名印。我得到过不少赠书,像这样规范、正式的却是罕见。于此处足见你做事的风范——严谨、踏实、认真,当然也透出你对友情的珍重。这一点颇似黄酒独有的那份温柔与醇厚。

此后的两年多里我们的互动更为频繁了。我把一套(三本)自己将出版的书稿发给你听取意见。于是若干个夜晚你在电脑上逐篇审读我的稿件,读的过程中你通过微信陆陆续续发来数千字的阅读随想和对具体作品的修改意见。先前我光是知道你担任过国家项目——总字数达2800多万字的皇皇巨著《历代辞赋总汇》的统筹与责编,而在对我几十万字书稿的诸多修正和点拨中,可以说对你的学识和才华我才有了真正意义上的认识和领教。你眼光独特,思路开阔,学术观点上又极富包容性;而你对文字本身的讲究,则严厉到了近乎苛刻,令太多的写手在你面前败下阵来。

不久前你重编过一部名家说酒的书,书名便唤作《欢笑微醺的饮者》。我以为这不仅是你所推崇的一种喝酒的境界,也可视作你做书为文所追求的一种内在的气质与风度。话不说尽,酒不喝高,以微醺为最佳;唯微醺才会有欢笑,若酩酊大醉无疑走到了饮酒为乐的反面,违背了酒聚的本意,丢失了某种最重要的情趣。

你在微信里同我谈过酒德,你不赞成那种死命劝酒,非把人喝倒的酒风,你认为诗人邵燕祥的饮酒观:不劝不敬,其乐融融,应当在酒桌上得到弘扬。你说酒德照样可以醉人。我想我该搜罗些上等黄酒,等待春天里你的到来。

2021年元月11日凌晨1点于南京

不久前收到戴永夏老师从济南给我寄来的一包信件。这批信件共三十五封，是我在 1981 年 11 月至 1985 年 2 月间写给戴老师的，信封和信笺都已发黄，但他一直保存完好。那天给我发微信说，现在年纪大了，想想还是寄还你自己保存，或更妥当，也许还有点价值。

二十世纪八十年代，戴老师在济南出版社主办的《少年之友》（后来改名为《中学时代》）担任副主编，因我在大学读书时曾向该杂志投稿而与他熟悉，渐渐成为交流得比较深入的师友。先后近十年间，我陆续给他寄去过相当数量的稿件，经他之手编辑或修改后大都得以在这本刊物上发表。戴老师是一位待人非常真诚和恳切，对工作特别敬业的好编辑。我当时给他们写的稿件，大都是选择中学生语文教材中的一些篇目或古今中外一些知名作家和诗人写的适合中学生阅读的诗文，重在对作品的艺术特色做些分析。他们设的栏目叫"阅读与欣赏",我的文章基本上每期会安排发一篇。另外刊物的扉页上所设"卷首语"栏目,一般发一些对中学生施以理想、抱负教育为主要内容的积极向上的文字。那个阶段我也就三十岁上下,心理上与中学生比较贴近,所以经常会为他们写一些卷首语。戴老师应当是比较看好我的,常常在信中谈他们希望刊登的相关选题的要求,还在拓宽赏评的渠道上帮我牵线,介绍一些山东籍作家的优秀作品让我来做评析。一本杂志给一个作者相对稳定的持续性发稿,对激励作者坚持某方面的系列性写作无疑是一种推动,无形中也构成了作品量的积累。及至 1987 年 10 月江西少年儿童出版社为我出版了一本《和中学生谈散文与诗的欣赏》,其中绝大部分篇幅都在戴老师主持的《中学时代》上先行刊登过。这段历史已过去了三十多年,但每每忆及,心底便浮起对戴老师深深的感激。

戴老师是山东平度人,大学毕业后先是被分配至边疆地区工作过几年,后调回山东,就一直在济南出版社,做了三十多年的编辑,编刊物,也编过文艺和教育类的各种图书,是山东省出版界一位享有盛名的编辑家。同时他还是一位优秀的作家,出版过多部个人散文集。曾担任过山东省散文学会的副会长。2006 年我曾专程去济南拜望过他,并得到他热情的接待。后来的这些年我们也还一直保持着联系。

他最近将这批保存了近四十年的书信寄还给我,不只令我感到惊讶,更从中体会到他对我们之间友情的一份珍重。想当年我只是他大量作者中的一个,给他寄稿子,同时也说说学习或工作上的情况,这样的信件对一个编辑来说可谓司空见惯,稀松平常,看了也就看了,或已就某些问题当即便做了回复,因此当无再保存的必要。想来绝大多数的编辑也都是这么做的,可世上竟有戴老师这样的有心人,他的了不起正是藏在这些看似平常和琐碎的细节里。

由于当年我没有记日记的习惯,许多曾经发生过的事情因时间久远而大都消失殆尽。这批信件将我带回到过去,重见了当时的自己,亦令我捡拾到一些几近淡忘的人、事。比如我在 1983 年 6 月 30 日给戴老师的信中写道,香港诗人黄河浪来扬州住了几天,我陪他游览了瘦西湖、平山堂等风景名胜。我在读书时即与黄河浪先生有书信往来,对他的诗集和获奖散文写过多篇评论与赏析文章。那年他由香港回福建省亲,特地来扬州同我见面。另一封写于 1984 年 9 月 7 日的信中,我提到了接待作家高晓声和陆文夫的事。当时我已担任江都县文化局局长,由于尚未设文联机构,所以一些文艺界人士到访,县政府让我出面接待。再比如 1984 年 2 月 8 日致戴老师函,给他一下子寄去了四篇文稿,那是春节放假的几天里躲在家里完成的。我在这封信中列出了篇名,分别为:读唐代诗人卢纶的《和张仆射塞下曲》,读革命烈士杨超的《就义诗》,谈山曼的《苏州二题》,析戴砚田的《走向观测站》(山曼系山东作家,戴砚田系河北作家)。从中似可看出那时候的我在写作上的一股拼劲。

2021 年 10 月 24 日于盱眙天泉湖畔

弟弟从故乡来，带来一本旧书——是我们兄弟三十多年前的一次合作。22 篇写少年儿童生活的故事组成了这本书，160 页，约 8 万字，安徽人民出版社出版，时间是 1983 年 1 月。版权页显示的首印数为 10000 册，定价只有 0.38 元。书名叫作《比比谁的心灵美》，是这本书的责任编辑李先轶先生定的。当时全国范围内都在搞"五讲四美三热爱"的活动，因此很明显地有着时代的烙印。

这本书我早已不存，而弟弟还保存得如此完好，见之除了生出一份久违的亲切，更觉出兄弟间情谊的珍贵。睹物思人，不由想起了书的责编先轶老师。他是安徽亳县（今亳州）人，大学毕业后在县里干共青团工作，爱好写诗，二十世纪七十年代曾发过一批颇受好评的儿童诗。大约 1978 年前后他调入安徽团省委主办的《安徽青年报》，做副刊编辑。其时我在扬州师院中文系读书，从阅览室里看到了这份报纸,于是向先轶主持的几个版面投稿。很快便有了反馈,不仅发了我的习作,寄来样报,还给我写了亲笔信,很客气也很热情,希望我源源不断地给他们供稿。记得在我毕业前,他曾由合肥专程来扬州看望我,我父亲还在家里做了饭菜,接待过先轶老师。他人生得瘦黑,但还壮实。有一张憨厚而坦诚的面孔,说话时的表情让你感觉到这是位信得过的兄长。

不久后他调到了安徽人民出版社少儿读物编辑室任职。1982 年的七八月份他给我来信说,社里打算出一批给中小学生阅读的课外读物,研究后想请我执笔写一本反映少年儿童现实生活的故事集。时间要得紧,希望我能在两三个月以内交稿。彼时我已毕业分配至扬州所辖的江都团县委工作,手头上的事务比较多,接下他交代的这项任务后,我与爱好写作的弟弟碰了头,请他也一道介入这本书的写作。于是我们在两地分头构思并写作,各自都写了十几篇,而后由我统稿,形成大体一致的写作风格。

出书前,先轶嘱我去一趟合肥,以便让书尽快定稿。我乘汽车、火车辗转赴约,当天一早出发,到合肥已是傍晚。先轶在出站口等候我多时,帮我拎包,那一脸宽厚而舒朗的笑,到今天我仍能忆起。他领我去了他家,说:就在这儿住吧,挤是挤了点,但交流起来要方便些。见他这般实诚,我哪还好意思说住在外面。

那一阵他也是举家迁来不久,住处简陋且逼仄。印象中他们夫妇和两个已是十几岁的大男孩挤在一间,先轶的老母亲住在外间,硬腾出一小间来给我住。早晨他们上班的上班、上学的上学,都起得很早,一家人轻手轻脚地不弄醒我。我起身后,老妈妈把烧好的小米稀饭和现贴的面饼端给我吃。我在合肥逗留的几天里,先轶还领着我去看了包公祠、逍遥津等几个著名景点。在我面前他像个大哥哥似的,没有半点老师的架子。

　　大约在 1986 年前后,突然有一天,北京的樊发稼老师给我写信说,先轶走了,患的是肝癌,临终前去了上海救治,但已抢不回来,谢世之时才 48 岁。天妒英才,儿童文学界痛失了一位优秀编辑(那几年里,他不仅组织了金波、樊发稼、高洪波等一批儿童文学作家的作品,还以极大的热情发现并扶持了若干来自生活底层如我这般的普通作者),我没有了一位谦和而豁达的兄长!他的那副热心肠和始终不为忧愁与劳累所压倒的满脸笑意,已永远留在了我的记忆里。

　　吕锦华是我的好友,走了快七年了。她要是还在,面对这样万物复苏的季节,她一定也朝外走了,去周边的田野里踏青,或去给她的先人扫墓。可惜她回不到我们眼前的这个春天里了。

　　我知道,锦华在苏州,特别是在吴江有很多的朋友。作为一名作家,她是从吴江起步的。后来做了苏州市的文联副主席,工作还是同文学有关。她不仅自己写,还带动别人一起写。她对一批生活在基层的写作热爱者,从来都是大姐姐般的给以鼓励和提携。所以 2014 年 8 月吕锦华在加拿大她女儿处病逝的消息传回家乡吴江时,有好多人都像失去大姐姐一样地痛哭,有的连夜和泪写了悼念诗文。当时还在吴江文联主政的俞前兄,于是将一批纪念锦华的诗文收罗来,在极短的时间内,以吴江区文联和作协的名义编了一部书,书名叫作《总想为你唱支歌》。锦华生前曾写过一篇很有影响力的散文,用的是这个篇名,拿它来作为纪念文集的书名,不仅恰当,还富有寓意。这本书收了范小青、红孩、亦然、荆歌等四十位作家(以吴江当地作家为主要阵容)的四十篇纪念文章,和周锡敏等三位诗人的新诗,以及朱永兴、陈志强、张舫澜等九位词家的挽诗悼词。压轴的两篇是吕锦华关于散文写作的思考。总字数约 13 万字。

我得到这本书的时间比较晚。2018 年 6 月我去上海嘉定看望一位老师,返程时在吴江停留,看望了阿庆等几位老友。阿庆特地设晚宴招待我,席间听李阿华说到这本书,我表达了想看一看的愿望。回宁后不久,阿华给我寄来了这本书。由于是一本多人作品集,阿华并未在扉页上题签。事隔将近一年,2019 年 5 月底,我受邀为吴江文保所所长周春华和老朋友陈志强二位合著的一本书来吴江商谈出版事宜,特地将李阿华送我的这本纪念文集带上了。那天晚上,很高兴地见到了这本书里的六位作者,他们是李阿华、俞前、阿庆、沈泾潜、陈志强、张建林(按题签先后排名),我请诸位在书的扉页上留下了大名。这六位均系锦华生前好友,又都是书中文章的作者。这便使得此书有了特别的收藏意义。

这本书的第一篇是刚卸任不久的省作协主席范小青的文章,她与吕锦华相熟于二十世纪八十年代初,是真正意义上的文学同道。她在文章中评价吕锦华“是一个非常专一的人,几乎用一辈子的时间一直在写散文”,并认为“锦华的内心是安定的、宁静的,其信念是执着的,又是单纯的”。范小青调任省作协领导岗位十多年了,我与她交往不多。但有一次,也是好几年前了,省作协在扬州为一位老作家陆建华先生举行作品研讨会,因与陆的关系我也受邀参加了。那天晚上吃饭,范小青坐在另一桌,特地跑到我这一桌来,向我敬酒。她说,我知道你和吕锦华是很好的朋友,我要敬敬你。我当时听了很感动,从范小青的这句话里,能感受到她对老友的一份真情。

我和锦华交往有二十多年,她性格上很安静,同时又充满热情;为朋友做事常常不遗余力,但还总担心是不是没有做到最好。写作上她非常非常地用功和努力,生前一共出版过二十本书。这个数字之所以能记得,是因为她的第二十本书是我帮她编辑的,也是我为她写的序,书名叫《在北美读东方禅语》。还记得写这篇序的时间是 2009 年 5 月。当时我在浙江的西塘古镇休假,特地带上了她书稿的清样。

人走了,关于这个人的一切似乎也就慢慢被人淡忘。那次在吴江,我曾对李阿华、沈泾潜二位说过:"你们都是锦华当年最好的朋友,看看有没有这样的可能,等锦华十周年的时候,你们来牵头,找些朋友,大家坐在一起,做点学术方面的探讨。谈谈锦华的散文,也说说她这个人,怎么样?只要你们张罗,我就一准来。"

2021 年 4 月 6 日(清明节后第二天)于盱眙天泉湖畔

（吕锦华,江苏吴江人。 1952 年出生,2014 年 8 月 2 日病逝于加拿大。 生前曾任苏州市人大委员会常务委员、苏州市文联副主席。 二十世纪八九十年代吕锦华创作并发表了大量的优秀散文作品,先后获得"冰心散文奖",江苏省"紫金山文学奖"等奖项。 是中国散文界一位重要的散文作家。）

一

那日席间，胡建松兄给我讲了一件事，颇让我感动。说他不久前特地开车从南京去往苏州，看望三十多年前曾给予过他帮助的老诗人朱红先生。二十世纪九十年代初，胡建松在当时的苏州铁道师院读书，和爱好诗歌的同学组建了一个诗社，还自办了一张用来发表自创诗歌的小报。有一天他们慕名去拜访了彼时在《苏州杂志》担任副主编的诗人朱红。朱红那时也就五十多岁，见到几个爱诗的学生来访十分高兴，在办公室同他们做了很贴近的交流。更让建松感到意外的是，不久后的《苏州杂志》上选登了他写江南风情的两首诗。朱红老师因此写信通知他到编辑部来领取稿费，这让他又一次聆听了朱红先生对诗歌的一些独特见解。毕业后建松一直忙于工作，但朱红老师当年对自己在诗歌写作上的指点和教诲他始终存放在心里。终在不久前挤出点时间专程去了一趟苏州,把今已八十八岁的老诗人请出来吃了顿饭。他跟我说朱老师的身体出奇得好,满嘴都是近年新植的牙;还说为了植牙朱老师把自己的年纪藏了十岁,这才骗过了牙医。酒桌上他喝得尤为畅快,酒量也让人惊叹得好,且自述平时自己小酌也都保持一个较高的量。与老师分手时建松奉上了两瓶产自家乡的好酒,老诗人挺开心地笑纳了。

胡建松兄现在《风流一代》杂志社担任社长兼总编辑,业余时间偶尔还会写些诗作。在他们每月编辑出版的三本刊物中,有一本叫《风流一代·青春》,上面设有一个固定的栏目专门发诗,天南海北的诗作者发到他邮箱的诗他也都一一读过,这个栏目由他亲自做责编。今年春天我去编辑部看他,他曾送我一本早几年出版的诗集,是我也很敬重的诗人刘家魁先生为他写的序,序中称建松用诗构筑了"一座带有鲜明个性的花园"。这本诗集叫作《越来越多的泪水》,2013 年 8 月由长江文艺出版社出版。再往前推,二十世纪九十年代,二十多岁的建松已出版过诗集和散文集各一部,还牵头主编过一本《江苏青年诗选》。

建松是一个在事业上有追求而且很努力的人。他 1992 年大学毕业后做过十年中学教师,后调至家乡的电视台做记者、编辑、新闻部主任和广电报总编。来南京打拼也有了不少年头。我们的相识大约是 2010 年前后,他还记得在管家桥附近"上海滩"的一次饭局上,我给他送过一本当时刚出的散文集《友人》。

这些年里与建松接触的机会并不很多,新近听他说起和朱红先生的这段交往,觉着他的身上还真有一种令人钦佩的诗人的纯情。

二

诗人刘流是我这两年接触得较多的一位家乡的朋友。我们也是在彼此年轻时因为诗歌而有过交往,后来三十多年里几无联系,近年则因为我的一篇文章而重续旧缘。

他现在还写诗,但已没有年轻时那么猛了。而我发现,诗似乎已进入他的身体内部,进入他每天的生活起居里。他在家读书,或外出看风景,举手投足里,都能看到一点儿本质属于诗的影子。

他会自己一个人很认真很有仪式感地做几道菜,把菜一样一样地切出来,五颜六色地摆放在盘子里,然后拍几幅照发给我分享。或是一大早好朋友给他送了一条鱼来,他也会饶有兴致地在微信里向我报告。

他和爱人小范最初的恋情,据说是在他笔下多次写过的"邵伯湖以东"发生并展开的。在诗人刘流的眼里,小范可爱、娇小、贤惠,"偶尔喜欢发点小脾气"。端午节那天,她在家里包粽子;再早几天,她十分安静地俯首弹古琴,这些场景都被她的夫君一一留在了手机里。

那天我特地找到了刘流三十年前出版的一本诗集《夜之眼》,里面有一首《妻子》是这样写的:"新婚的妻子 羸弱的妻子/我用诗歌抚摸你/你的面容娇羞/如一只稚气的小鸟/在古朴的森林里/飞来飞去"。

三十年后,诗人内心所拥有的这份美丽仍在继续生长,真是羡煞人也。

跋

刘苗松

　　读慧骐先生的这部散文集，眼见他与那么多人，男女老少，工农兵商，主客亲朋，发生那么多情感的交流，思想的交集，事务的交结，物质的交往。或一起学习，或共同写作，或主持刊物，或采访人物，或协助出版，或帮忙生活，或是同厂，或本同乡，而这种种事缘情分，又被作者一支马蹄疾一般的快笔，敲成一篇篇让人百感交集，有时甚至是悲欣交集的人间词话。作者真有一份因情生慧的诗性人生啊。

　　慧骐兄从写诗走上文坛。关于诗，孔子的说法是："诗可以群。"这话可以理解为诗歌有集聚人心的作用。其实一切真正的文学，都有凝聚人心的力量。所以，慧骐兄即使后来不大写诗，他的散文，还是燃烧着一颗细腻温柔的诗心，散发出一股平凡岁月未被消磨的诗意。

　　这些年文坛时兴跨界，一些作家写散文也加入了小说式的虚构成分，让人生情之余，不免生疑。读慧骐兄的文字，我们不必发生这样的疑惑。慧骐兄的文字都是脚踏实地的纪实。他的文字的力量，来自我们看到的作者曲径通幽的生命历程与上下求索的文化心路，来自我们感受到的书中那些优秀精英、优良百姓的勤劳与聪敏、义重和情深。

慧骐兄是幸运的。虽然少年时光也曾彷徨，当改革春风浩荡吹起，他迅速被父亲催上了星光大道，参与到新时代的呐喊助威。他的写作编辑生涯起步很早。从在工厂写诗到在文化馆编刊，从为父亲代笔写信、誊抄书稿到上大学时投稿写文学评论与散文诗，从自己主持期刊出版到与友人合作开发选题，风风火火走来，一路辛苦也一路芬芳。我们从他的这部散文里，可以看到他与他人同甘同命、共欢共和的情形，也能够看到他自己不断开拓、不断适应、积极进取的身影。因此，这本书也可以看作一部自传，或者说看成一部合传，它传达了真实的生活故事，传颂了真正的生命能量。

出于职业习惯和个人偏爱，我对本书中写到的突破成规为中青年作家出文集的江苏文艺出版社前社长吴星飞先生、主持出版过不少好书并对编辑工作深有见识的张昌华先生、2000万字的《江苏新文学史》及其《史料编》主编丁帆教授、写出过多本汪曾祺研究专著还开创了多个汇编"第一本"的金实秋先生、主编过六十本"评弹书目库"的周良先生、主持出版"金陵诗丛"的冯亦同先生、创办《泰州晚报》"坡子街"副刊并在全国晚报界引起巨大反响的翟明先生等，都有莫大的敬意。对于书中以速写般的笔墨勾勒出来的写作爱好心热的小蒋、工作责任心强的小孙、语文教育心坚的杨老师、生活美学心重的谭先生等，我也有莫大的敬重。当然，慧骐先生父亲的"植保机械三部曲"、慧骐兄自己主持出版的《风流一代》和《东方明星》两个叱咤风云的时尚刊物，也体现了父子两代在不同领域取得的同样的精彩，让人禁不住要大声喝彩。正是从慧骐兄叙述当年办刊的回忆文字中，我才知道苏州这座世界知名的历史名城，其文化名人不仅有费孝通、杨绛，还有物理学家吴健雄、水利电力专家张光斗、《人民日报》原总编辑范敬宜、中国女排主教练袁伟民、国学大师钱仲联、国画大师朱屺瞻……

曾读过王鼎钧先生的散文集，印象最深的，有篇文章谈人分四等。其中第一等人的特点，是有本事没脾气。我读慧骐先生的文字，看不到一点火气，只感到一段段温情。我曾跟慧骐和实秋两位先生在南京南艺校园的咖啡馆相聚，留下的也是悠然怡然、自然而然的记忆。当时在场的我的妹妹事后也说南京这两位先生待人都蛮好啊。写到此处，忽然想起1997年我陪老同事去南京办事，丁帆和王彬彬两个南京大学的教授一起来火车站接站的情景。当时还刚刚下过江南的小雨呢！

受慧骐先生文字的触动，我也回溯了自己过往人生的交集。我因为长沙爱书人萧金鉴先生主持的、长沙弘道书店龙挺先生资助的《书人》杂志结识北京作家施亮，由施亮先生介绍认识了南京王慧骐先生；由慧骐先生介绍，又认识了金实秋先生。这几年里，我在湖南文艺出版社编过慧骐兄的散文集《江南素描》，出过实秋先生汇编的饮食散文集《蔬食记忆》。这一系列的交集，说到底还是拜托汉字这个"鸟迹"（古人有仓颉观鸟迹而造字的设想）呢。

2024年是龙年。六朝古都南京是《文心雕龙》诞生的城市。

魏晋南北朝是中国文学走向自觉的时代。今日南京已然入选联合国教科文组织"世界文学之都"。读毕慧骐先生这部新的散文集,感受到其中岁月如长江水奔腾不息,情义如紫金山巍然不动,人脉如法国梧桐洒下浓荫,文气如夫子庙堂荡出檀香,我在南岳岳麓山脚的长沙表达遥远的祝福。

2024 年 1 月 29 日第六稿写定于长沙

上架建议：文学 · 散文

ISBN 978-7-5594-8554-0

9 787559 485540 >

定价：49.00元